AF303957

Uli Vögl wurde 1976 in Augsburg geboren und lebt mit ihrem Mann und ihren drei Kindern in der Fuggerstadt. Wann immer ihr es möglich ist, verbringt sie viel Zeit in der Natur und bewirtschaftet einen eigenen kleinen Krautgarten. Ihre Leidenschaft für das Schreiben teilt sie mit ihrer Zwillingsschwester, mit der sie gemeinsam den Historienroman *Keltensonne* geschrieben hat.

ULRIKE VÖGL

Ein Augschburg Krimi

Erstausgabe August 2023

Copyright © 2023 dp Verlag, ein Imprint der
dp DIGITAL PUBLISHERS GmbH
Made in Stuttgart with ♥
Alle Rechte vorbehalten

Basst scho

ISBN 978-3-98778-371-5
E-Book-ISBN 978-3-98778-291-6

Covergestaltung: Anne Gebhardt
Umschlaggestaltung: ARTC.ore Design

Unter Verwendung von Abbildungen von
stock.adobe.com: © jljusseau
shutterstock.com: © Alexey V Smirnov, © Fine Art Studio,
© Jagodka, © pukach, © oxinoxi
elements.envato.com: © PixelSquid360
Lektorat: Katrin Gönnewig

Satz: dp DIGITAL PUBLISHERS GmbH
Druck und Bindung: Books on Demand GmbH, Norderstedt

Das Werk darf – auch teilweise – nur mit
Genehmigung des Verlages wiedergegeben werden.

Sämtliche Personen und Ereignisse dieses Werks sind frei erfunden. Etwaige Ähnlichkeiten mit real existierenden Personen, ob lebend oder tot, wären rein zufällig.

Meinen lieben Schwiegereltern Marianne und Peter
(Nicht verwandt und doch verschwägert …)

1.

„Ah geh, Waschtl, schau, dass'd weitergehsch!"

Frustriert zerrte Franzi an seinem Halsband, doch ihr riesiger Hund, der ihr bis an die Hüfte reichte, schnüffelte weiter ungerührt an den Hinterlassenschaften, die ein anderer Vierbeiner großzügig am Rand des Gehwegs hinterlassen hatte.

„Jetzt komm halt!", schimpfte sie und schaffte es endlich, den Hund zum Weitergehen zu animieren.

„So isch er brav." Franzi strich ihm liebevoll über das verfilzte Fell. Sie würde bald mal wieder mit der Schere ranmüssen. Es war ein Wunder, dass Waschtl überhaupt noch etwas sehen konnte, wo ihm doch lauter Zotteln in die Augen hingen.

„Haben Sie des Mordsvieh da an der Leine?"

Franzi sah auf und seufzte, als sie eine ältere Frau auf sich zukommen sah. Die hatte ihr gerade noch gefehlt!

„Natürlich, Frau Klein, wie immer."

Sie bückte sich und befestigte heimlich die Leine an Waschtls Halsband.

„Das ist aber auch ein Riesenmonstrum!"

„Der Waschtl isch doch kei Monschtrum", erwiderte Franzi empört und funkelte die Frau wütend an. „Des isch a ganz a lieber, mei Waschtl!"

„Ja, so schaut er aus." Frau Klein schnaubte und hielt sich so weit wie möglich am Rand des Gehwegs, um Franzi und ihrem Hund auszuweichen.

„Vors...!"

Franzis Warnung kam zu spät.

„Ja, Herrschaftszeiten nochamal!" Frau Kleins Gesicht lief puterrot an. „Jetzt schauen Sie sich doch mal die Bescherung hier an!"

Demonstrativ hob sie ihren Fuß an, damit Franzi den braunen Halbschuh, an dessen Sohle Hundehinterlassenschaften klebten, sehen konnte.

„Und wie das stinkt! Pfui deifel!", keifte Frau Klein, während sie energisch versuchte, ihren Schuh am Randstein abzuwischen.

Franzi wollte ihr gerade raten, den Schuh auf dem Grünstreifen gegenüber sauber zu reiben, als Frau Klein sie anfuhr: „Das war doch sicher Ihr Köter, oder etwa net? Ich hab den schließlich gerade vorhin da herumstehen sehen, dieses Riesenvieh!"

„Jetzt reicht's aber, Frau Klein!", knurrte Franzi empört. „Mei Waschtl macht so was net und wenn doch, bin i für alle Fälle ausg'rüschtet!" Sie tippte zum Beweis auf den kleinen blauen Plastikbeutel, den sie an der Leine befestigt hatte.

„Pah, dass ich nicht lache! In das kleine Säckle soll die Kacke von dem Monstrum reinpassen! Das können'S sonst wem erzählen!"

Sie fuhr weiter mit ihrer Schuhsohle am Randstein entlang, in dem vergeblichen Versuch, ihren Schuh wieder sauber zu kriegen. Franzi wusste aus Erfahrung, dass sie auf diese Weise den Hundekot immer schön weiter in die Rillen der Schuhsohle verteilen würde.

„Ihnen auch noch einen schönen Tag", flötete Franzi zuckersüß und ließ die wütende Frau stehen. Das Gezeter in ihrem Rücken ignorierte sie und beschloss stattdessen, den Spaziergang mit Waschtl einfach zu genießen. Sie bog in einen schmalen Kiesweg ab. Es war ein herrlich warmer Frühsommertag und die Luft war erfüllt vom Summen der Bienen, die auf den Wildblumen am Rand des Weges ihrer Arbeit nachgingen, und von dem hellen Zwitschern der Vögel. Die neben dem Weg verlaufende Singold plätscherte munter vor sich hin, und es roch intensiv nach frisch umgegrabener Erde von den nahe gelegenen Krautgärten.

Franzi atmete tief durch. Sie liebte den Frühsommer mit all seinen Gerüchen und Farben und seinem verlockenden Versprechen auf gemütliche Abende, die man endlich wieder auf der Terrasse verbringen konnte. Letztes Jahr hatte Franzi oft mit ihrer Kollegin und besten Freundin Helena bei Wein und Brotzeit auf ihrer Terrasse gesessen und mit ihr über Gott und die Welt geredet. Sie hoffte sehr, dass sich weiterhin öfter die Gelegenheit für solche Treffen ergeben würde, auch jetzt, wo Helena mit ihrem Nick zusammengezogen war. Franzi hoffte es von ganzem Herzen, auch wenn sie der Freundin ihr Glück natürlich gönnte. Aber wenigstens bei der Arbeit im Präsidium würden sie sich ja weiterhin täglich zu sehen bekommen, versuchte sie sich zu trösten. Doch sie konnte die Stimme, die ihr das Gegenteil weismachen wollte, nicht überhören.

Seit Helena vor ein paar Jahren aus Hamburg nach Augsburg gezogen war, ging Franzi noch lieber zur Arbeit. Sie war mit Leib und Seele Kommissarin, doch es war schon etwas anderes, mit jemandem zusammenzuarbeiten, den man gernhatte und dem man bedingungslos vertraute. Genauso erging es ihr mit Lena und daher vermisste sie die Kollegin sehr, die momentan für zwei Wochen in ihrer alten Heimat weilte, um ihre Familie zu besuchen. Wenigstens hatte sie über die Hälfte der Zeit bereits hinter sich, sodass sie Helena schon in wenigen Tagen wiedersehen würde.

Tief in Gedanken versunken, schlenderte Franzi weiter den schmalen Kiesweg entlang. Waschtl lief ausnahmsweise einmal brav neben ihr her und schien den Spaziergang ebenso zu genießen wie Franzi. Ganz entgegen seinem Naturell ignorierte er sogar das Entenpaar, das sich gemütlich auf der Singold vorbeitragen ließ.

Der Weg mündete in einer kleinen Nebenstraße und Franzi bog auf den Gehweg ein. Sie grüßte ein paar ferne Bekannte mit Kopfnicken, überquerte die Straße und blieb schließlich vor einem Einfamilienhaus, das mit einem Holzzaun abgegrenzt war, stehen.

„Griaß di, Marie!", rief sie fröhlich in den Garten hinein. Sie hatte die Frau bereits erspäht, die mit Gartenhandschuhen, Eimer und Schaufel bewaffnet über ihr Beet gebeugt war.

„Ja, mei, die Franzi!", rief Marie lächelnd, während sie sich ächzend aufrichtete. „Was für eine schöne Überraschung! Hast du ein wenig Zeit?" Sie streifte die Handschuhe ab und ließ sie achtlos in den Eimer fallen, den sie neben dem Beet abgestellt hatte.

„Freilich, aber nur, wenn i di net bei der Arbeit störe."

„Ach was." Marie winkte ab. „Das Unkraut kann warten." Verschmitzt lächelte sie Franzi an und lief zur Gartentür. Wie immer ging sie leicht gebeugt, was ihrem Ischias zu verdanken war, wie Franzi wusste.

Sie öffnete die Tür und ließ Franzi herein.

„Und den Waschtl hast du auch mitgebracht", bemerkte Marie erfreut. „Da wird sich der Herr Gustav aber freuen!" Sie rief in den Garten hinein. „Herr Gustav! Wo steckst du denn nur wieder? Herr Guuustav!"

Franzi vernahm ein Rascheln aus dem Gebüsch und kurz darauf kam ein kleiner, brauner Kurzhaardackel unter der Hecke hervor. Er lief eigentümlich holprig, was daran lag, dass dem Hund vor einigen Jahren ein Hinterbein amputiert werden musste, nachdem er von einem Auto angefahren worden war.

Sie beugte sich nach unten und kraulte den kleinen Hund ausgiebig, was der sich hoheitsvoll gefallen ließ.

„Ja, grüß dich, Herr Guschtav! Dir geht's aber gut hier in dem großen Garten, gell?"

Waschtl zog fest an seiner Leine, um seinem Frauchen energisch mitzuteilen, dass er sofort losgemacht werden wollte. Er hatte seinen Freund Herrn Gustav längst erspäht und konnte es gar nicht erwarten, mit ihm zu spielen. Franzi beeilte sich, den Karabiner von Waschtls Halsband zu lösen, woraufhin der flugs mit dem aufgeregten Dackel im Schlepptau um die Ecke sauste.

„Magst du dich ein wenig zu mir setzen?", fragte Marie, die sorgfältig das Gartentürchen hinter ihrem Besuch verschloss. „Ich hab gerade vorhin den Tisch und die Gartenstühle aus dem Keller geholt und sauber sind sie auch schon." Sie deutete auf die kleine Sitzgruppe unter der riesigen Kiefer.

„Mensch, Marie!" Tadelnd sah Franzi ihr Gegenüber an. „Du weißsch doch, dass du net so schwer schleppen sollsch! Und des bei deim Kreuz!"

„So weit kommt's noch!" Marie lachte. „Wenn ich nicht mehr in der Lage bin, die paar leichten Möbel zu tragen, kannst du mich gleich zum Friedhof runterfahren." Sie zwinkerte Franzi zu und deutete auf die Sitzgruppe.

„Setz dich hin. Ich mach uns schnell einen Kaffee."

Franzi nickte und ließ sich folgsam auf dem Gartenstuhl mit dem dicken Polster nieder, in das sie leicht einsank. Sie sah Marie nach, die gerade in ihrem Haus verschwand. Die Besuche bei ihrer Freundin genoss Franzi immer in vollen Zügen. Marie lebte mit ihren einundachtzig Jahren ganz allein in dem Einfamilienhaus und versorgte ihr riesiges Grundstück komplett selbstständig. Während Franzi in ihrem Garten eher das Modell „naturbelassen" verfolgte, war Maries picobello sauber und ordentlich. Wo Franzi mehr Moos als Rasen hatte, wuchs Maries Rasen in einem satten Grün, ohne auch nur das kleinste Hälmchen Unkraut dazwischen. Wie sie das nur immer hinkriegte? Maries Mann war seit vielen Jahrzehnten tot. Sie hatte ihren gemeinsamen Sohn praktisch allein großgezogen. Der lebte nun schon seit über zehn Jahren in Stuttgart und kam zu Maries Leidwesen nur äußerst selten zu Besuch. Er war immerhin auch schon an die sechzig, geschieden und hatte nur einen Sohn, Eduard. Franzi kannte Eddie gut. Er war inzwischen Ende dreißig und in seiner Jugend ein begnadeter Fußballspieler gewesen. Ganz Göggingen hatte ihm zugejubelt, wenn er den Ball ein ums andere Mal im Kreuzeck versenkt hatte. Den „Maradona von Göggingen" hatte man ihn genannt! Wo sich Eddie momentan rumtrieb, wusste Franzi nicht so genau. Sie vermied es, mit Marie über ihn zu reden. Sie konnte gar nicht mehr zählen, wie oft sich Marie ihre Sorgen über den einzigen Enkel von der Seele geredet hatte, weil er wieder mal seinen Job verloren hatte, und wollte ihrer Freundin den Kummer ersparen.

Franzi kannte Marie schon seit ihrer Kindheit. Sie war eine Freundin von Franzis Oma gewesen und daher bei allen Familienfeiern eingeladen gewesen. Sie liebte die liebenswürdige alte Frau, die seit dem Tod ihrer Oma vor fünfzehn Jahren so etwas wie eine Ersatz-Oma für sie geworden war.

Plötzlich vernahm Franzi ein lautes Rascheln aus der mächtigen Buchenhecke, die den Garten umrahmte. Sie drehte sich um und sah die Hecke erzittern. Ihr schwante Böses.

„Pfui, Waschtl!", rief sie laut. „Wirsch du wohl aus der Hecke rauskommen? Da pasch du doch gar net nei, du Doldi!"

„Lass ihn doch", erwiderte Marie lachend, die gerade mit einem Tablett aus dem Haus kam. „Die beiden spielen doch so gern miteinander!"

Sie stellte das Tablett auf dem Tisch ab und verteilte zwei bauchige, geblümte Tassen und dazu passende Teller darauf. Dazwischen stellte sie ein bunt getupftes Milchkännchen und eine weiße Porzellanschale mit Würfelzucker.

„Ich komme gleich wieder. Der Kaffee dürfte jetzt fertig sein."

Marie drehte sich um und verschwand mit dem leeren Tablett wieder im Haus. Kurze Zeit später kehrte sie zurück, eine große Porzellankanne mit Kaffee und einen Teller voller Kuchenstücke auf dem Tablett balancierend.

„Komm, i helf dir“, rief Franzi und sprang auf. Sie nahm Marie das schwere Tablett ab und stellte die Sachen auf den Tisch.

„Danke dir, meine Liebe.“

Schwer atmend ließ sich Marie auf ihrem Gartenstuhl nieder. Besorgt fragte sich Franzi, wie diese wohl die sperrigen Stühle und den Klapptisch allein aus dem Keller gehievt hatte, wenn das Tablett sie schon außer Atem brachte.

„Greif zu.“ Marie deutete auf den Teller mit Streuselblechkuchen, der verlockend duftete.

Bereitwillig kam Franzi der Aufforderung nach und legte auch ein ordentliches Stück auf Maries Teller. Dann schenkte sie sich und ihrer Freundin Kaffee in die Tassen.

„Ich trinke meinen schwarz“, sagte Marie und hielt ihre Hand über die Tasse, als Franzi sie mit dem Milchkännchen in der Hand auffordernd ansah. „Ich vertrag Milch nicht mehr so recht.“

Franzi gab sich selbst einen ordentlichen Schuss Milch in den dampfenden Kaffee und warf noch zwei Würfelzucker hinein, bevor sie kräftig umrührte.

Sie genossen ihren Kaffee und Franzi ließ sich das kräftige Aroma des heißen Getränks auf der Zunge zergehen. Sie nahm sogar noch ein zweites Stück von dem leckeren Kuchen an, der ihr ausgezeichnet schmeckte. Die Hunde tollten um sie rum und nur einmal hätte es um ein Haar einen Unfall gegeben, als Waschtl seinem Freund Herrn Gustav unter den Tisch gefolgt war. Franzi hatte die Kaffeekanne noch rechtzeitig aufgefangen, als der riesige Hund den Tisch um ein paar Zentimeter angehoben hatte, und ihn schnellstmöglich wieder hinausbeordert.

Franzi und Marie unterhielten sich über Gott und die Welt und genossen das friedliche Beisammensein.

„Muss schön sein, wenn man nichts zu tun hat und am helllichten Tag im Garten herumsitzen kann!", keifte unvermittelt eine Stimme von der Straße her.

Franzi fuhr herum und war gerade im Begriff aufzubrausen, als Marie ihr mit einem Zeichen zu verstehen gab, Ruhe zu bewahren.

„Grüß Gott, Frau Klein", sagte sie betont freundlich zu der Unruhestifterin.

Die reagierte nicht auf den Gruß, sondern reckte sich, um möglichst viel Einblick in das Grundstück zu erhalten. In dem Moment lief Herr Gustav bellend durch den Garten, von einem hechelnden Waschtl verfolgt.

„Dass Sie das Vieh immer noch nicht von seinem Leiden erlöst haben, ist wirklich nicht zu fassen!", empörte sich Frau Klein postwendend. „Das ist doch kein Leben, so mit drei Beinen!"

„Jetzt hört sich aber alles auf!", rief Franzi wütend. Marie, die inzwischen ebenfalls aufgestanden war, legte ihr beschwichtigend eine Hand auf den Arm.

„Meinem Hund geht es bestens, Frau Klein. Danke der Nachfrage." Sie blickte die Frau lange an, die nach einiger Zeit ihren Blick abwandte.

„Können wir sonst noch etwas für Sie tun? Sie sehen ja", Marie legte ihren Arm um Franzi, „ich habe gerade lieben Besuch."

Frau Klein winkte ab und entfernte sich grußlos. Franzi konnte sehen, wie sie zu ihrem Haus ging, das direkt neben Maries stand und von ihrem Mann hereingelassen wurde. Den Blicken und Gesten nach zu urteilen, ließ sie sich dabei kräftig über ihre Nachbarin und deren Besucherin aus.

„Wie du des mit der Hexe neben dir nur aushältsch!" Franzi stöhnte und ließ sich auf ihren Stuhl fallen.

Marie setzte sich ebenfalls und nahm einen großen Schluck aus ihrer Kaffeetasse.

„Ach weißt du, die Frau Klein ist schon immer so gewesen, seit ich sie kenne. Irgendwie muss sie einem doch leidtun! So grantig, wie sie den lieben langen Tag ist, kann ihr Leben doch nicht sehr erfüllend sein."

„Aber sie ist doch nicht allein! Immerhin hat sie ihren Mann an ihrer Seite!"

Marie zuckte mit den Schultern.

„Man kann nicht in die Menschen hineinblicken. Wissen wir, wie die beiden miteinander harmonieren?" Sie blickte verträumt in die Zweige der großen Kiefer über ihrem Kopf. „Als mein Hans noch lebte, haben wir uns manchmal fürchterlich gestritten. Über die nichtigsten Sachen! Das kann man heute nicht mehr verstehen! Doch wir wussten immer, dass wir zueinander gehören, der Hans und ich! Und obwohl uns nur eine kurze Zeit zusammen vergönnt war, gibt mir unsere Liebe heute noch Kraft. Die Verbindung zu ihm besteht weiter, noch über den Tod hinaus. Unser Martin kann sich nicht einmal mehr an seinen Vater erinnern. Er war gerade einmal ein halbes Jahr alt, als Hans starb."

Marie stockte und atmete tief durch. Obwohl der Tod ihres Mannes, der bereits im Alter von vierzig Jahren urplötzlich einem Herzinfarkt erlegen war, schon viele Jahrzehnte her war, ging ihr das immer noch sehr nah.

„Doch Martin half mir damals über die schwere Zeit hinweg. Je älter er wurde, desto mehr erinnerte er mich an seinen Vater. Er sieht ihm so ähnlich!" Marie strahlte. „Ich bin so dankbar, dass ich ihn habe!"

Sie sah zum Nachbarhaus hinüber, ihr Blick wurde nachdenklich.

„Frau Klein hat ihren Mann noch, das stimmt. Doch ob ihre Ehe glücklich ist, können wir von außen sicher nicht beurteilen. Die Kleins haben keine Kinder. Warum, weiß ich nicht. Frau Klein ist nicht der Typ Frau, mit der man über so etwas Persönliches sprechen könnte. Vielleicht ist sie unglücklich und kompensiert das damit, dass sie alles um sich herum schlecht macht." Sie wandte sich an Franzi. „Meine Liebe, das Leben ist doch viel zu kurz, um sich zu ärgern! Findest du nicht auch? Schau, wir zwei Hübschen sitzen gemütlich hier im Garten und genießen den schönen Nachmittag. Man muss einfach jeden Augenblick zu schätzen wissen, nicht wahr?"

Franzi lachte. „Siehsch du, des mag ich so an dir! Du siehsch das Leben immer positiv, auch wenn es dir jede Menge Steine in den Weg wirft! Du versuchsch sogar, noch an so 'ner Bissgurke wie der Frau Klein was Gutes zu finden!"

Sie hob die Tasse und prostete Marie mit einem Augenzwinkern zu.

Als es langsam kühler wurde, verabschiedete sich Franzi. Nach einer gefühlten Ewigkeit hatte es auch Waschtl geschafft, sich von Herrn Gustav zu trennen, der sie, genau wie sein Frauchen, zur Gartentür begleitet hatte. Nachdem Franzi Marie versprochen hatte, bald mal wieder vorbeizuschauen, zog sie mit Waschtl an der Leine weiter. Sie beschloss, auf dem Nachhauseweg durch die nahe gelegenen Krautgärten zu spazieren. Obwohl es bereits dämmerte, war dort noch einiges los. Franzi liebte die Krautgärten, die wie ein Relikt aus alter Zeit anmuteten. Im Gegensatz zu gewöhnlichen Schrebergärten wurde hier vor allem Obst und Gemüse angebaut. Kleinere Parzellen reihten sich aneinander, von einfachen Zäunen oder Hecken voneinander abgegrenzt. Jedes Grundstück verfügte über mehr oder weniger große Felder, auf denen fleißig gewerkelt wurde. Franzi atmete tief ein. Die Luft roch würzig nach aufgebrochener Erde. Die Hobbygärtner hatten ihre Felder längst bestellt und wachten mit Argusaugen über das Unkraut, dem sie sofort mit der Hacke den Garaus machten, sobald es sich zwischen ihren wertvollen Gemüsepflanzen blicken ließ. Es gab fast nichts, was hier nicht angebaut wurde: Kartoffeln, Salate, Zucchini, Kohl … Franzi träumte heimlich davon, irgendwann einmal einen eigenen Krautgarten zu bewirtschaften, aber sie wusste genau, dass mit ihrem zeitintensiven Beruf nicht daran zu denken war. Sie kam ja kaum mit ihrem eigenen Garten klar!

„Sag mal, Waschtl, was soll denn des jetzt wieder?" Der Hund zog kräftig an der Leine, die sie ihm angelegt hatte, da auf dem Weg häufig Radfahrer fuhren. „Geh i eigentlich mit dir spazieren oder du mit mir?"

Waschtl bellte.

„Ah, jetzt versteh i! Du hasch Durscht! Sag des doch glei!"

Franzi ließ Waschtl von der Leine, woraufhin er schnurstracks zu dem kleinen Seitenarm der Singold lief, der zu Bewässerungszwecken durch die Krautgartenanlage verlief. Nachdem er ausgiebig gesoffen hatte, sprang er mit einem Satz ins Wasser.

„Geh, du Saubär", kreischte Franzi, die einen ordentlichen Schwall Wasser abbekommen hatte. „Schau, dass du da rausgehsch!"

Waschtl ignorierte Franzi und jagte fröhlich ein paar Wasserläufern hinterher. Erst nach einer ganzen Weile bequemte er sich, auf Franzis Rufe zu reagieren und seinen nassen Spielplatz zu verlassen. Kaum stand er neben ihr, schüttelte er sich kräftig. Wassertropfen und Haare flogen nur so um die Wette, und Franzi versuchte, sich mit einem Sprung in Sicherheit zu bringen. Aber es war zu spät! Sie rutschte aus und landete mit einem Bein im Bächlein. Erschrocken sog sie die Luft ein. War das kalt! Ihre Birkenstock-Sandale versank tief im Matsch und sie hatte alle Mühe, sich zu befreien. Als sie endlich wieder schnaufend auf dem Weg stand, sah sie kopfschüttelnd an sich hinab.

„Jetzt schau dir des nur an!", schimpfte sie. „Alles voller Schlamm!"

Sie bemühte sich, mit der Hand den gröbsten Dreck von ihrem nackten Fuß und dem Hosenbein zu wischen, mit dem Ergebnis, dass sie den Schmutz nur noch weiter verteilte.

„So a Sauerei! Und mei Schuh isch au weg!"

Sie stöhnte frustriert.

„Brauchen Sie vielleicht Hilfe?"

Franzi fuhr herum und sah einen bärtigen Riesen mit schulterlangen, lockigen Haaren, der breit grinsend mit überkreuzten Armen am Zaun eines Krautgartens lehnte und sie beobachtete.

„I komm prima allein z'recht", erwiderte sie abweisend.

„Das seh ich", sagte der Mann schmunzelnd und deutete mit seinem Kopf auf Franzis nackten, schlammbraunen Fuß.

„Ham Sie vielleicht nix Besseres zu tun, als fremde Leit anzugaffen?" Franzi funkelte ihn erbost an.

Lachend hob er die Hände. „Schon gut, schon gut! Ich tu Ihnen doch nix. Wollte ja nur nett sein!"

„Wie g'sagt, i brauch keine Hilfe!"

Franzi drehte sich wieder um und suchte in dem Wasser nach einem Anzeichen ihrer Sandale. Dass das ganze Bächlein von einem dichten Teppich von Wasserlinsen bedeckt war, half ihr dabei nicht wirklich. Seufzend rollte sie ihren Ärmel hoch und kniete sich hin. Vorsichtig fischte sie in dem trüben Wasser, doch ihren Schuh fand sie nicht.

„Warten Sie, ich hab eine Idee."

Bevor Franzi wusste, wie ihr geschah, tauchte ein Rechen neben ihr ins Wasser. Sie richtete sich auf und beobachtete mürrisch, wie der Kleingärtner von eben sich unaufgefordert abmühte, ihren Schuh zu finden. Sie schätzte den Mann auf etwa Mitte bis Ende dreißig. Er trug eine graue Arbeitshose und ein weißes T-Shirt voller Erdflecken, das schon mal bessere Zeiten erlebt hatte. Sein braunes Haar war verstrubbelt und stand wirr von seinem Kopf ab. Waschtl wich dem Mann nicht von der Seite. Offenbar war er sehr an dem Rechen interessiert.

„Da ist er doch", rief der Mann nach einiger Zeit lachend und tatsächlich baumelte am Ende seines Rechens Franzis schlammige Sandale. Waschtl bellte aufgeregt. Der Mann nahm vorsichtig den Schuh und wusch ihn in dem Bächlein aus, bevor er ihn Franzi reichte.

„Hier, bitte sehr."

„Danke."

Franzi war der Vorfall unglaublich peinlich. Sie nahm den Schuh entgegen und schlüpfte hinein. Ihr Fuß machte dabei ein schmatzendes Geräusch, was den Mann wiederum zum Lachen brachte.

„Zu Ihrer Information: Des hätt i au allein hinbekommen!"

Franzi funkelte den Mann wütend an. Was bildete sich der Kerl eigentlich ein? Sie war keines dieser hilflosen Püppchen, die sie nur aus Filmen kannte und die ohne ihren Prinzen aufgeschmissen waren. Oh nein! Sie war äußerst selbstständig! So gut wie alles, was zu Hause anfiel, erledigte sie selbst, sei es die Reparatur ihres Fahrrads oder wenn der Rasenmäher mal wieder den Geist aufgab. Sogar ihre Waschmaschine hatte sie selbst hinbekommen, als die ausfiel! Und da kam auf einmal so ein neunmalkluger Typ daher und fühlte sich wie der Prinz aus Aschenputtel, der dem armen Mädchen den gläsernen Schuh reichte! Franzi musste unwillkürlich grinsen. Ihre Sandale sah nun wirklich nicht aus wie ein gläserner Pantoffel! Und der schmuddelige Gärtner war auch nicht gerade Prinzenmaterial.

„Was ist denn so lustig?"

Franzi richtete sich auf. Der Mann kniete neben Waschtl und kraulte ihm ausgiebig das nasse Fell, was der Verräter sich auch noch genüsslich gefallen ließ.

„Des geht Sie gar nix an", erwiderte sie knapp. Sie befestigte die Leine an Waschtls Halsband. „Komm, Waschtl, wir geh'n!"

Ein kräftiges Ziehen an der Leine motivierte den zotteligen Bären weiterzugehen.

„Man sieht sich", verabschiedete sich der Gärtnerprinz mit einem Lächeln.

„Hoffentlich nicht", knurrte Franzi und ignorierte sein amüsiertes Lachen in ihrem Rücken, als sie rasch wegging.

Die Straße, in der Franzis Haus lag und die sie nach wenigen Minuten erreichten, war wie immer voller Kinder. Freundlich grüßte Franzi deren Eltern und ließ es zu, dass die Kleinen Waschtl lebhaft begrüßten. Der Hund war eine Seele von einem Tier und Franzi wusste, dass er trotz der herumwuselnden, lärmenden Nachbarskinder Ruhe bewahren würde. Als sie in ihren Garten ging, nahm sie Waschtl von der Leine. Sie holte aus dem Gartenhäuschen ein altes Handtuch und trocknete den nassen Hund erst mal gründlich ab. Dann besah sie sich seufzend ihren immer noch schmutzigen Schuh und wusch ihn in ihrem Gartenbrunnen noch einmal aus. Anschließend schrubbte sie mit einer Bürste gründlich den Dreck von ihrem Fuß und trocknete ihn mit demselben Handtuch von eben. Als sie die Haustür öffnete, klingelte das Telefon. Sie beeilte sich reinzugehen und schaffte es gerade noch, den Anruf entgegenzunehmen, bevor sich der Anrufbeantworter einschaltete.

„Danner?", keuchte sie atemlos in den Hörer.

„Sag mal, was atmest du denn so heftig?"

„Lena! Schön, dich zu hören!" Franzi strahlte. „Wie geht's dir denn?"

„Gut geht's mir", erwiderte Helena. „Wie soll es einem auch anders gehen im Urlaub?" Sie lachte.

„Des freut mi aber! Bald isch es wieder rum mit der Faulenzerei!"

Helena seufzte. „Ich weiß ... Aber weißt du, Franzi, irgendwie vermisse ich die Arbeit auch."

„Des will i aber au hoffen!", sagte Franzi gespielt entrüstet. „Vermisscht du mi am Ende gar net?"

„Und wie!" Helena lachte auf. „Ich kann es gar nicht erwarten, dich wiederzusehen!"

„Was machsch du denn so den lieben langen Tag?"

Franzi klemmte den Telefonhörer zwischen Schulter und Ohr und zog, auf einem Bein hüpfend, ihre beschmutzte Hose aus, während Helena ihr von ihrem Urlaub im hohen Norden berichtete, wo sie mit ihrem Freund Nick ihre Familie besuchte.

„Stell dir vor, Nick hat doch tatsächlich einen langen Spaziergang mit Papa gemacht! Und das, obwohl ich ihn sonst kaum dazu bewegen kann, mit mir spazieren zu gehen!"

„Des isch doch gut! Wenn sich die Männer in deim Leben miteinander verstehn, isch des doch prima, oder etwa net?" Endlich hatte sie es geschafft, ihre Hose auszuziehen und tapste mit dem nassen Kleidungsstück in der Hand barfuß und in Unterhose die Treppe in den Keller hinab.

„Ja, schon. Aber seltsam fand ich es doch. Aber sag mal, wo kommst du denn jetzt gerade her? Ich hab's vorhin schon mal probiert."

Franzi berichtete ihr von ihrem Nachmittag bei Marie und nach kurzem Zögern auch von ihrem kleinen Unfall im Krautgarten, während sie die Hose in die Waschmaschine schmiss.

Helena musste kräftig lachen. „Sag mal, was machst du denn für Sachen! Kaum bin ich weg, angelst du dir einen gut aussehenden Gärtner!"

Franzi schnaubte empört. „Erschtens war der net gut aussehend, und zweitens hab net i den geangelt, sondern der meinen Schuh."

Sie kramte eine Jogginghose aus der Wäschetruhe und beschloss, dass die für heute schon noch gehen würde, also streifte sie sie schnell über und lief wieder nach oben. Dort ließ sie sich mit dem Telefon in der Hand auf der Couch im Wohnzimmer nieder.

„Meine Franzi, wie sie leibt und lebt!" Helena kicherte. „Ich freue mich schon so sehr, dich bald wiederzusehen! Und ich bring dir auch was Schönes mit, versprochen!"

„Nur keinen Fisch bitte", erwiderte Franzi hastig.

Helena hatte ihr letztes Mal einen geräucherten Aal aus Hamburg mitgebracht und gemeint, dass sie ihrer Freundin damit einen Gefallen tat. Doch Franzi mochte Fisch – wenn überhaupt – nur in Stäbchenform. Als sie das Päckchen geöffnet und der Fischgeruch sich so richtig schön verbreitet hatte, war sie grün um die Nase geworden, was Helena natürlich nicht entgangen war.

„Keine Sorge! Das tu ich dir kein zweites Mal an!"

„Dann bin i ja beruhigt! Grüß deine Eltern von mir! Und Nick natürlich au!"

„Mach ich! Bis bald, Franzi."

„Ich freu mich schon. Tschüss!"

Franzi blieb noch eine Weile sitzen. Sie freute sich schon so auf Lena! Allein war es richtig langweilig im Präsidium! Sie hatte zwar das ganze Büro für sich, aber niemanden zum Reden. Egal, nur noch wenige Tage und Lena saß ihr wieder gegenüber!

Inzwischen war es draußen dunkel geworden. Waschtl starrte sie mit großen Augen an und winselte.

„Jetzt hab i doch glatt vergessen, dass du Hunger hasch, du Armer!", rief sie lachend und sprang auf. „Komm in die Küche. I mach dir schnell was!"

Zur Entschädigung gab sie ihm eine extra große Portion in den Napf, der er sich umgehend widmete. Dann besah sie ihren Kühlschrank und stellte fest, dass sie morgen dringend einkaufen gehen musste. Zum Glück fand sich ganz hinten noch ein Päckchen Schupfnudeln, die sie sich in einer Pfanne anröstete, während sie gleichzeitig in einem Topf eine kleine Portion Sauerkraut zubereitete.

Anschließend mischte sie beides miteinander, nahm sich ein kleines Bier aus dem Kühlschrank und setzte sich mit dem Teller auf dem Schoß auf die Couch. Im Fernsehen fing gerade ein Krimi an. Das passte doch ausgezeichnet! Gespannt verfolgte sie die Geschichte, auch wenn sie manchmal über die unkonventionellen Ermittlungsmethoden der TV-Kommissare den Kopf schütteln musste.

Um halb elf wachte Franzi auf, als ihr mit einem lauten Scheppern die Fernbedienung aus der Hand fiel. Schade, der Krimi war längst aus und jetzt hatte sie verpasst, wer der Mörder war! Franzi gähnte kräftig, während sie sich ausgiebig streckte. Sie beschloss, es für heute gut sein zu lassen und schaltete den Fernseher aus. Waschtl erhob sich von seinem fransigen Fell in der Ecke und trottete zur Tür. Wie gewohnt ließ Franzi ihn noch kurz raus, damit er sich erleichtern konnte, bevor sie mit ihm zusammen nach oben ging.

2.

Im Bett las Franzi noch eine ganze Weile. Sie liebte es, im Liegen zu lesen und dabei immer schläfriger zu werden. Zugegeben, hin und wieder fiel ihr einer ihrer dicken Wälzer beim Einschlafen schon mal ins Gesicht, was echt schmerzhaft war, aber zum Glück geschah das nicht allzu häufig. Waschtl schlief bereits tief und fest in seinem Körbchen in der Ecke, wie sein durchaus eindrucksvolles Schnarchen verriet. Als Franzi das Kapitel beendet hatte, zeigte ihre Uhr bereits kurz vor Mitternacht. Höchste Zeit, schlafen zu gehen! Sie stand auf, um das Dachfenster zu öffnen. Sie schlief am liebsten bei geöffnetem Fenster, nur wenn sie las, ließ sie es meistens geschlossen, um keine stechfreudigen Mücken anzulocken.

Als sie das Fenster aufzog, hielt sie erstaunt inne. Es roch durchdringend nach Rauch! Bestimmt hatte wieder einer der Nachbarn Gäste und saß mit ihnen gemütlich um eine Feuerschale im Garten. Gerade wollte sie das Fenster resigniert wieder schließen, als sie aus den Augenwinkeln einen Lichtschein bemerkte. Franzi beugte sich so weit wie möglich nach vorne, um sehen zu können, woher er kam. Plötzlich bellte Waschtl und sprang um ihre Beine.

„Pscht, Waschtl, willsch du wohl still sein! Du wecksch uns ja no die ganze Nachbarschaft auf!" Doch der Hund ließ sich nicht beruhigen. Er hüpfte an ihr hoch und bellte weiter.

Franzi sah noch mal nach draußen. Ohne Zweifel, da war ein heller Lichtschein zu sehen! Was war da los? Sie beschloss nachzusehen. Waschtl gebärdete sich inzwischen wie wild und rannte kläffend vor der geschlossenen Schlafzimmertür hin und her.

Schnell zog Franzi ihre Jogginghose über und schlüpfte in eine Kapuzenjacke. Kaum dass sie die Tür geöffnet hatte, raste Waschtl die Treppe hinunter und sprang bellend an der Haustür hoch. So hatte Franzi ihren Hund noch nie erlebt! Was brachte ihn nur derart aus der Fassung? Sie beeilte sich, die Leine an seinem Halsband zu befestigen, und schlüpfte in ihre Gartenclogs. Als sie die Tür öffnete, wurde der Rauchgestank intensiver. Rasch lief sie mit Waschtl los, dem Lichtschein entgegen. Die Luft war inzwischen rauchgeschwängert und Franzi schwante Übles. Das war definitiv keine Feuerschale, die da brannte! Jetzt rannte Franzi, Waschtl dicht neben sich. Sie spurtete durch den engen Kiesweg, durch den sie heute Nachmittag erst gegangen war. Als sie das Ende des Weges erreichte, stockte ihr der Atem. Maries Haus brannte lichterloh! Der Dachstuhl des alten Hauses stand bereits in Flammen und auch im ersten Stock konnte sie Feuer hinter den Fenstern ausmachen. Einige Scheiben waren schon geborsten. Franzi sah ein paar Leute aus den umliegenden Häusern auf die Straße laufen.

„Rufen Sie sofort die Feuerwehr!", schrie sie ihnen zu. Ein Mann im Bademantel nickte und rannte zurück in sein Haus.

Franzi suchte hektisch nach der Gestalt ihrer Freundin im Garten, konnte sie aber in dem dichten Rauch um das Haus nicht ausmachen. Hoffentlich war Marie da rausgekommen! Sie beschloss, sich näher an das Inferno heranzuwagen. Das Gartentürchen war wie immer abgesperrt, hielt aber Franzis kräftigem Tritt nicht stand. Geistesgegenwärtig warf sie Waschtls Leine über einen Zaunpfahl und lief auf das Haus zu. Es fühlte sich an, als würde sie gegen eine Wand aus unbändiger Hitze anlaufen. Der Rauch nahm ihr sofort die Luft zum Atmen. Kurz entschlossen zog Franzi ihre Jacke aus und tauchte sie in Maries Brunnentrog. Dann zog sie das triefende Kleidungsstück wieder an und bedeckte ihren Kopf mit der nassen Kapuze. Mit einer Hand hielt sie den Stoff vor Nase und Mund zusammen und lief zum Hauseingang. Zum Glück wusste sie, wo Marie ihren Ersatzschlüssel aufbewahrte. Schnell fand sie ihn unter einem umgedrehten Blumentopf und sperrte die alte Holztür auf. Dichter Rauch quoll ihr entgegen.

„Marie!"

Das Brausen der Flammen erstickte jedes Geräusch.

Franzis Augen brannten in kürzester Zeit wie Feuer. Sie bekam kaum noch Luft und sehen konnte sie gar nichts mehr. Sie ließ sich auf alle viere nieder und kämpfte sich mühsam durch den beißenden Qualm. Inzwischen musste sie sich im Wohnzimmer der alten Dame befinden, das ebenerdig lag. Sie stieß mit dem Kopf gegen etwas. Mit den Händen befühlte sie den Gegenstand. Das musste der Esstisch sein! Sie tastete sich weiter und stieß unvermittelt gegen etwas Weiches, das auf dem Boden lag. Franzi war sofort klar, dass sie Marie gefunden hatte. Sie musste heftig husten. Lange würde sie nicht mehr durchhalten! Mit der Hand tastete sie nach dem Puls der alten Frau. Nichts! Sie rüttelte an ihrer Freundin und versuchte, sie zu bewegen. Wieder musste Franzi heftig husten und rang nach Luft. Ihr wurde bewusst, dass sie es allein nicht schaffen würde. Verzweifelt versuchte sie ein weiteres Mal, Marie zu bewegen. Keine Chance! Dann ertastete sie etwas Kleines, Weiches, das an ihre Freundin gepresst lag. Herr Gustav! Franzis Lunge brannte inzwischen wie Feuer. Sie wusste, dass sie sofort aus dem Haus rausmusste. Kurz entschlossen schnappte sie sich das leblose Tier und torkelte mehr, als dass sie lief, in die Richtung, in der sie den Ausgang vermutete. Ihre Beine schienen wie aus Gummi. Auf einmal spürte sie einen festen Griff an ihrem Arm, der an ihr zog. Franzi ließ es geschehen und fand sich nach kurzer Zeit vor dem brennenden Haus wieder. Ein Feuerwehrmann führte sie ein paar Meter vom Haus weg und musterte sie besorgt.

„Geht es Ihnen gut?“

Franzi hustete, bis sie das Gefühl hatte, zu ersticken. Alles drehte sich um sie! Sie würgte und übergab sich an Ort und Stelle. Sofort wurde sie zu einem bereitstehenden Krankenwagen geführt, wo ihr der Sanitäter eine Sauerstoffmaske überstülpte. Endlich Luft! Rasselnd atmete Franzi die frische Luft ein. Der Schwindel, der sie vorhin befallen hatte, legte sich spürbar.

Sie hob ihre Hand, um die Maske abzunehmen.

„Nichts da! Die Maske bleibt drauf! Sie können von Glück sagen, dass Sie noch leben!“

Wütend funkelte sie den Sanitäter an und riss sich die Maske runter.

„Meine Freundin isch no da drin!", versuchte sie ihn anzuschreien und machte Anstalten aufzustehen. Ihre Stimme war seltsam kratzig und kaum verständlich. Tränen liefen über ihre Wangen und hinterließen weiße Spuren in dem dunklen Ruß.

Der Feuerwehrmann, der ihr gefolgt war, bat sie, sitzen zu bleiben, und versprach, dass seine Kollegen ihr Möglichstes taten, um ihre Freundin zu retten. Seine Frage, ob sich noch mehr Personen im Haus befanden, verneinte Franzi.

Sie setzte sich wieder und bemerkte erst jetzt, dass sie immer noch das kleine Fellbündel fest im Arm hielt. Sie überprüfte vorsichtig, ob der Hund atmete. Erleichtert stellte sie fest, dass sich der Brustkorb des Tieres ganz leicht hob und senkte. Kurz entschlossen drückte sie dem Tier ihre Sauerstoffmaske über Maul und Nase.

„He! Was machen Sie denn da?", rief der Sanitäter entsetzt.

Als er Franzis Gesichtsausdruck sah, hob er abwehrend die Hände und verstummte. Von irgendwoher holte er eine weitere Maske und streifte sie wortlos über Franzis Kopf. Ein zweiter Sanitäter legte ihr eine Decke um die Schultern, da sie inzwischen unkontrolliert zitterte. Ihr war speiübel und ihr Hals brannte höllisch.

„Geben Sie das Tier her. Wir kümmern uns darum."

Ein Feuerwehrmann streckte seine Hände nach dem Hund aus. Franzi sah ihn stumm an und schüttelte den Kopf. Sie presste Herrn Gustav fest an sich, streng darauf achtend, dass seine Maske nicht verrutschte. Jemand half ihr, einen Schluck zu trinken, was zunächst unglaublich schmerzte, dann aber doch half. Wenn sie doch nur sehen könnte, was sich beim Haus abspielte. Die Buchenhecke vor dem Haus und der dichte Qualm nahmen ihr die Sicht. Inzwischen brannte auch die riesige Kiefer neben dem Haus lichterloh. Hatte die Feuerwehr Marie gefunden? Lebte ihre Freundin?

Inzwischen war ein weiterer Krankenwagen eingetroffen, der dicht neben ihrem hielt. Sanitäter rannten mit einer Trage weg.

Franzi betete, dass Marie inzwischen geborgen worden war. Tatsächlich kamen die Männer kurze Zeit später mit einer Person auf der Trage zum Wagen zurück. Franzi konnte einen kurzen Blick auf Maries lebloses Gesicht erhaschen, bevor sich die Tür des Krankenwagens hinter den Sanitätern schloss. Eine Frau in der Kluft des Rettungsdienstes kam auf Franzi zu und stellte sich als Frau Doktor Heinze vor. Sie hörte ihre Patientin ab und gab ihr eine Spritze zur Stärkung des Kreislaufs. Ihre Übelkeit ließ langsam nach. Anschließend teilte ihr die Ärztin mit, dass sie sie zur Beobachtung ins Krankenhaus schicken würde.

Franzi schüttelte den Kopf. Ihr war klar, dass man sie den Dackel nicht mitnehmen lassen würde. Sie bat die Ärztin darum, die Veterinärin Frau Dr. Müller zu verständigen und sie zu bitten, sofort zu kommen. Die Ärztin ließ nicht erkennen, ob sie über die ungewöhnliche Bitte ihrer Patientin erstaunt war. Sie nickte lediglich und entfernte sich vom Wagen.

Keine Viertelstunde später kam ein schwarzer SUV angebraust und hielt direkt vor dem Krankenwagen. Erleichtert erkannte Franzi ihre Tierärztin und winkte Frau Dr. Müller zu sich. Vorsichtig nahm die Ärztin den Hund aus Franzis Arm und legte ihn auf den Boden des

Krankenwagens. Lange Zeit hörte sie ihn ab, bevor sie seine Lider anhob, um mit einer Lampe hineinzuleuchten. Anschließend holte sie ein Fläschchen aus ihrer Tasche und zog eine Spritze auf, die sie dem Hund verabreichte. Dann wickelte sie das Tier in eine Decke und legte ihn Franzi wieder in die Arme.

„Dem Hund geht es den Umständen entsprechend. Ich kann ihn heute Nacht zur Beobachtung mitnehmen, doch mehr tun, als ihn mit Sauerstoff zu versorgen, kann ich auch nicht. Er hat von mir eine Spritze erhalten, die seine Vitalzeichen stärken soll."

Sie streichelte dem kleinen Hund liebevoll über das Fell.

„Ich bin ehrlich zu Ihnen, Frau Danner. Entweder er übersteht die nächsten Stunden oder sein Herz packt die ganze Aufregung einfach nicht. Der kleine Kerl hat viel mitmachen müssen. Er ist sehr schwach. Wenn er aus seiner Ohnmacht erwacht, ist er wohl über dem Berg. Wenn nicht ..."

Fest sah sie Franzi in die Augen und drückte ihre Hand. „Soll ich ihn mitnehmen?"

Franzi schüttelte den Kopf. Die Tierärztin nickte und stellte ein Täschchen mit einer Sauerstoffflasche neben sie und verabschiedete sich von ihr. Ein Feuerwehrmann kam mit Waschtl an der Leine zum Krankenwagen.

„Den haben wir am Zaun gefunden", sagte er. „Gehört er vielleicht Ihnen?"

Franzi nickte und nahm die Leine entgegen. Waschtl drückte sich an sie und schnüffelte an dem Bündel in ihrem Arm. Anschließend stupste er mit der Nase dagegen und winselte leise.

„Isch scho gut, Waschtl", krächzte Franzi. „Deinem Freund wird's bald besser gehen."

Die Sanitäter brachten Franzi und die beiden Hunde nach Hause. Sie nahmen noch ihre Daten auf und instruierten sie, viel zu trinken und sofort anzurufen, falls sich ihr Zustand verschlechtern würde.

Als die Sanitäter gegangen waren, schleppte sich Franzi mit den Hunden ins Wohnzimmer. Sie war viel zu fertig, um die Treppe bewältigen zu können. Stattdessen ließ sie sich auf die Couch fallen und vergewisserte sich, dass die Maske fest über Herrn Gustavs Schnauze saß. Der kleine Hund rührte sich noch immer nicht. Franzi legte sich rücklings auf die Couch, Herrn Gustav fest an ihre Brust drückend. Waschtl ließ sich direkt vor dem Sofa nieder und ließ sie nicht aus den Augen. Wieder kamen Franzi die Tränen. Sie fragte sich ununterbrochen, ob Marie noch am Leben war. Die Sanitäter hatten ihr keine Auskunft erteilen wollen und sie mit irgendwelchen Phrasen vertröstet. Sie überlegte, ob sie im Krankenhaus anrufen sollte, wusste aber, dass sie dort nichts würde ausrichten können. Am besten half sie Marie, indem sie sich um ihren Liebling kümmerte. Immer wieder strich sie vorsichtig über das weiche Fell des Dackels. Beruhigt spürte sie die sanften Bewegungen seines Brustkorbs, als die Müdigkeit Franzi übermannte und sie erschöpft einschlief.

Der Morgen graute bereits, als Franzi mit brummendem Schädel erwachte. Sämtliche Vögel der Umgebung begrüßten den neuen Tag mit einem großen Konzert. Kurzzeitig fühlte Franzi sich benommen und wusste nicht, wo sie sich befand, als sie ein Winseln vernahm.

Sie blickte an sich herab und sah geradewegs in die Augen von Herrn Gustav, der sie anblinzelte und leise Geräusche von sich gab. Erleichterung durchströmte Franzi. Liebevoll drückte sie den kleinen Hund an sich und streichelte ihn. Dann richtete sie sich vorsichtig auf und legte das kleine Fellknäuel auf der Couch ab. Ihr Hals war kratzig und fühlte sich völlig ausgetrocknet an. Sie musste heftig husten. Als sie aufstand, um sich etwas zum Trinken zu holen, wurde ihr plötzlich schwindlig. Kurz verharrte sie, bis der Schwindel nachließ, dann ging sie in die Küche und trank ein großes Glas kaltes Leitungswasser. Sie seufzte erleichtert. Das Wasser fühlte sich wie Balsam in ihrem wunden Rachen an. Nach kurzem Überlegen kramte sie in einer Schublade. Triumphierend zog sie eine kleine Pipette heraus, die sie sonst benutzte, wenn sie eine ihrer Kräuter-Tinkturen ansetzte.

Sie füllte ihr Glas erneut mit Wasser und lief zurück zur Couch. Dort kniete sie sich neben den kleinen Hund und zog etwas Wasser mit der Pipette auf. Dann schob sie das Gefäß vorsichtig unter die Maske des Hundes und träufelte die Flüssigkeit in sein Maul. Zufrieden bemerkte sie, wie er anfing, an der Pipette zu schlecken. Sie wiederholte die Prozedur, bis das Glas fast leer war. Dem Hund fielen dabei immer wieder die Augen zu. Franzi wickelte vorsichtig eine Decke um ihn und ließ ihn schlafen. Waschtl saß vor der Couch und legte seinen Kopf direkt neben dem kleinen Dackel ab. Erstaunt bemerkte Franzi, dass er nicht einmal nach seinem Frühstück gebettelt hatte. Liebevoll strich sie ihm über den verfilzten Kopf.

„Dein Freund wird scho wieder“, krächzte sie leise. Sie holte seinen Napf aus der Küche und stellte ihn ausnahmsweise neben das Sofa. Waschtl beachtete ihn jedoch nicht, sondern behielt seinen Kumpel fest im Blick.

Franzi schnappte sich ihr Telefon und rief im Augsburger Klinikum an. Es dauerte eine Weile, bis sie mit der richtigen Stelle verbunden war.

„Michels, Station 1.“

„Guten Morgen, hier spricht Danner, Kripo Augsburg.“ Franzi räusperte sich. Ihre Stimme klang immer noch sehr krächzend. „I möcht mich nach ’ner Patientin erkundigen, die geschtern Nacht eing’liefert worden isch. Marie Witting isch der Name.“

„Einen Moment bitte ...“ Es knackte vernehmlich in der Leitung.

„Dr. Dengler am Apparat. Sie rufen wegen Frau Witting an?“

„Richtig. Wie geht’s ihr denn?“

Franzis Hände zitterten merklich.

„Sie sind von der Polizei?“

„Ja, des hab i Ihrer Kollegin doch bereits mitgeteilt!“

„Sie wissen ja, dass ich sonst keine Auskunft erteilen darf.“

„Isch mir klar.“

„Es tut mir leid, Ihnen das mitteilen zu müssen, Frau ...“

„Danner.“

„Frau Danner, aber leider ist die Patientin heute Nacht verstorben.“

Franzi schloss entsetzt die Augen und ließ sich an der Wand nach unten sinken.

„Hören Sie?"

„Ja, i bin no da", flüsterte sie.

„Die Patientin wurde heute Nacht gegen Viertel nach eins zu uns in die Notaufnahme gebracht. Obwohl lebenserhaltende Maßnahmen direkt beim Auffinden der Person eingeleitet worden waren, war leider nichts mehr zu machen."

„I hab verstanden. Danke für die Auskunft."

Franzi ließ den Telefonhörer aus der Hand gleiten, schlug die Hände vor die Augen und brach in Tränen aus.

Auf einmal spürte sie eine raue Zunge, die ihr über Gesicht und Hände leckte. Sie schlang die Arme um ihren Hund und zog ihn an sich.

„Waschtl, mein Beschter, du bisch immer zur Stelle, wenn man di braucht!", flüsterte sie in sein Fell.

Sie gab sich einen Ruck. Herr Gustav! Sie musste sich um den Dackel ihrer Freundin kümmern.

Nachdem sie sich vergewissert hatte, dass das Tier weiterhin tief und fest schlief und dass Waschtl seinen Platz neben ihm wieder eingenommen hatte, beschloss sie, schnell zu duschen. Ihr Haar, ihre Klamotten ... Alles stank widerlich nach Rauch. Sie ging ins Badezimmer und erschrak. Aus dem Spiegel starrte ihr eine furchterregende Gestalt entgegen. Ihr Haar war so verschmutzt, dass man von seiner ursprünglichen rotbraunen Farbe nichts mehr erkennen konnte, ihr Gesicht war komplett verrußt und von ihren Tränen bis zur Unkenntlichkeit verschmiert. Franzi riss sich die stinkenden Klamotten vom Leib, stopfte sie in den Wäschekorb und stieg in die Dusche. Es dauerte eine ganze Weile, bis sie den Rauchgeruch nicht mehr wahrnahm.

Zweimal wusch sie sich gründlich die Haare, um auch wirklich alles herauszubekommen.

Nach der Dusche fühlte sie sich bedeutend besser. Ihr fiel ein, dass sie vergessen hatte, im Präsidium, wo sie eigentlich erwartet wurde, Bescheid zu geben. Nachdem sie dort angerufen und sich entschuldigt hatte, machte sie sich erst mal eine große Tasse Tee. An ihrem kleinen Esstisch sitzend, beobachtete sie über ihre dampfende Tasse hinweg die beiden Hunde. Herr Gustav schlief weiterhin tief und fest und Waschtl saß ganz in seiner Nähe, die Schnauze auf dem Sofa, seinen Freund fest im Blick behaltend. Immerhin hatte er sein Frühstück inzwischen verputzt.

Franzi fuhr erschrocken auf, als es an der Tür klingelte. Als sie öffnete, war sie nicht wenig erstaunt, Frau Dr. Müller gegenüberzustehen.

„Guten Morgen, Frau Danner. Ich dachte mir, ich sehe mal nach unserem Patienten. Darf ich reinkommen?"

„Natürlich! Guten Morgen! Des isch aber nett von Ihnen!", krächzte Franzi und wies ihr den Weg.

„Ah, da ist ja unser Kleiner!"

Die Veterinärin stellte ihre Tasche auf dem Boden ab und kniete sich vor die Couch.

„Und der Waschtl passt gut auf dich auf! Wie schön!"

Sie kraulte den zotteligen Vierbeiner, den sie seit vielen Jahren betreute, am Kopf und vergaß nicht, ihm ein Leckerli aus ihrer Jackentasche zu geben.

Franzi setzte sich wieder auf ihren Stuhl und beobachtete die Ärztin bei der Arbeit. Der Dackel ließ die Untersuchung ohne große Regung über sich ergehen.

Als sie fertig war, bot Franzi ihr ein Getränk an.

„Ich würde gerne auch einen Tee nehmen, vielen Dank", sagte Frau Dr. Müller mit Blick auf Franzis Tasse.

Kurze Zeit später saßen sie sich bei Tee und Gebäck aus der Dose gegenüber.

„Wie geht's dem Herrn Guschtav?", erkundigte sich Franzi besorgt.

Frau Dr. Müller lächelte.

„Unserem kleinen Patienten geht's erstaunlich gut. Sein Herz schlägt kräftig und er scheint sich von dem Schock gut erholt zu haben. Es ist wichtig, dass er immer wieder trinkt, aber lassen Sie ihn ruhig schlafen, soviel er will. Den Sauerstoff braucht er jetzt nicht mehr."

„Also isch er überm Berg?"

„Ja, definitiv", bestätigte die Ärztin und nickte.

Franzi seufzte erleichtert.

„I dank Ihnen ganz herzlich!"

Frau Dr. Müller sah sie forschend an.

„Und wie geht's Ihnen?"

Franzi winkte ab.

„Basst scho."

„Nein, im Ernst! Sie haben gestern ebenfalls viel durchgemacht, möchte ich meinen!"

Franzi seufzte. „Sie ham ja Recht, aber momentan isch der Herr Guschtav einfach wichtiger."

„Bitte vergessen Sie nicht, sich auch um sich selbst zu kümmern", bemerkte die Tierärztin streng, bevor sie den letzten Schluck aus ihrer Tasse trank und aufstand.

Franzi versprach es ihr und begleitete sie zur Tür, wo sie sich herzlich von ihrem Besuch verabschiedete.

Gegen Mittag wachte Herr Gustav auf und schaffte es, nach ein paar wackligen Versuchen, aufzustehen. Er trank ausgiebig und fraß sogar eine kleine Portion Hundefutter, bevor er sich wieder hinlegte und die Augen schloss.

Franzi war beruhigt und beschloss, noch ein wenig ins Präsidium zu fahren. Sie wollte unbedingt herausfinden, was gestern Nacht geschehen war. Ihr war klar, dass die Kollegen in der Nacht noch den Brand aufgenommen haben mussten. Nachdem sie mit Waschtl eine kurze Runde gelaufen war, schwang sie sich auf ihr Fahrrad und fuhr in die Stadt. Ihre Lunge schmerzte, daher ließ sie es gemütlicher als sonst angehen, weshalb sie auch zehn Minuten länger brauchte.

Im Präsidium hatte sich ihr nächtlicher Einsatz bereits herumgesprochen. Franzi hatte die Beamten, die letzte Nacht im Einsatz waren, nicht einmal wahrgenommen, doch natürlich waren sie dort gewesen. Auf dem Weg in ihr Büro wurde sie mehrfach auf den Vorfall angesprochen, doch sie speiste die Kollegen mit einsilbigen Antworten ab. Ihr war nicht nach Reden zumute.

Im Büro atmete sie kurz durch und öffnete das Fenster weit. Ihre Lunge schmerzte immer noch, doch die frische Luft half ihr beim Durchatmen.

Nachdem sie ihren Computer hochgefahren hatte, las sie den Bericht der Kollegen.

Nachts um 0.13 Uhr war ein Notruf bei der Einsatzzentrale eingegangen. Die Kollegen von der Feuerwehr waren beim Eintreffen der Polizei bereits vor Ort. Die Polizisten hatten die Straße weiträumig abgesperrt und die Feuerwehrleute bei der Betreuung der Anwohner unterstützt. Franzi fand auch ihren Namen in dem Bericht. Offenbar hatten die Sanitäter ihn weitergegeben. Marie war um 0.20 Uhr aus dem Haus geholt worden. Zu diesem Zeitpunkt hatte ihre Freundin bereits keinen Puls mehr gehabt, was sich mit ihren Beobachtungen deckte. Deshalb waren von den Sanitätern umgehend Wiederbelebungsmaßnahmen eingeleitet worden. Sie atmete tief durch und blinzelte die aufsteigenden Tränen weg. Der Kollege hatte um 2.10 Uhr einen weiteren Eintrag vorgenommen: Das Krankenhaus hatte den Tod der Patientin vermeldet.

Kurz entschlossen nahm Franzi den Telefonhörer in die Hand und bat die Frau in der Zentrale, sie mit der Feuerwehr zu verbinden. Kurze Zeit später hatte sie Branddirektor Husmann von der Berufsfeuerwehr Augsburg an der Strippe.

„Was kann ich für Sie tun, Frau Kommissarin?"

„I würd gern mit Ihnen über den Brand in Göggingen heut Nacht sprechen."

„Warten Sie, ich öffne die entsprechende Akte in meinem PC. ... So, jetzt ... Was wollen Sie wissen?"

„Ham Ihre Leit scho was rausg'funden wegen der Brandursache?"

„Brandoberinspektor Schneider hat in seinem Bericht vermerkt, dass er davon ausgeht, dass das Feuer ausgebrochen ist, da die Tür des Kaminofens nicht ordnungsgemäß verschlossen war. Die Tür stand offen, als die Kollegen das Haus untersuchten."

„Niemals!"

„Wie bitte?" Die Stimme von Branddirektor Husmann klang leicht irritiert.

„I wollt sagen, dass es mir schwerfällt, des zu glauben. Die Frau Witting war in der Hinsicht äußerscht zuverlässig!"

„Sagen Sie, Frau Kommissarin Danner, wieso interessiert sich eigentlich die Kripo für den Fall?", fragte Herr Husmann misstrauisch. „Wenn Sie irgendwelche Ansatzpunkte für ein Verbrechen haben, müssen Sie uns die mitteilen!"

„Reine Routine", behauptete Franzi. Üblich war ihre Vorgehensweise keineswegs, was ihr durchaus bewusst war. Erst wenn die Feuerwehr Anzeichen für eine mögliche Brandstiftung feststellte, fing die Kripo normalerweise an zu arbeiten.

„Und Sie ham keinerlei Anzeichen für Fremdverschulden feschtstellen können?"

„Nein, Frau Kommissarin, das haben wir nicht, sonst wäre das ja wohl in der Akte vermerkt", antwortete Herr Husmann mit deutlich verärgertem Unterton. „Meine Mitarbeiter haben heute Vormittag noch einmal eine gründliche Begehung des Brandortes durchgeführt und keine Anhaltspunkte für ein Fremdverschulden gefunden. Trotzdem wurden an verschiedenen Stellen Proben entnommen und ins Labor überstellt."

„Proben?"

„Reine Routine. Man sucht nach möglichen Brandverstärkern."

„Also doch Brandstiftung?"

„Nein, das ist so üblich. Wir gehen momentan davon aus, dass das Feuer im Bereich des Kamins seinen Ursprung nahm."

„Vielen Dank für die Informationen", sagte Franzi ernüchtert. „Auf Wiederhören!"

Sie legte auf und lehnte sich nachdenklich in ihrem Schreibtischstuhl zurück. Marie sollte die Tür ihres Kaminofens nicht richtig verschlossen haben? Das hielt sie für ausgeschlossen. Marie war immer äußerst sorgfältig gewesen und hatte Franzi oft genug gepredigt, im Umgang mit ihrem eigenen Holzofen nur ja vorsichtig zu sein. Es war daher einfach nicht denkbar, dass sie selbst vergaß, die Tür ordentlich zu verschließen!

Sie nahm sich noch mal den Bericht vor und las, dass ihre Kollegen bereits mit Maries Sohn Martin Kontakt aufgenommen hatten. Seine Handynummer war im Bericht vermerkt.

Franzi nahm erneut den Hörer auf und wählte die angegebene Nummer. Nach kurzem Läuten meldete sich eine männliche Stimme.

„Witting?"

„Griaß Sie, Herr Witting. Hier spricht die Franzi Danner."

„Danner ... Etwa *die* Franzi Danner aus Göggingen?"

„Genau die. Wir ham uns ja eine Ewigkeit net mehr g'sehen, Herr Witting. I glaub, des letzte Mal war am 70. Geburtstag Ihrer Mutter."

Martin Witting räusperte sich. „Ja, das ist gut möglich. Ich war nicht sehr häufig in Augsburg."

„Herr Witting, i möcht Ihnen von Herzen mein Beileid zum Tod Ihrer Mutter aussprechen. I hab Marie wirklich sehr gern g'habt!"

„Ich danke dir ... Ich meine, ich danke Ihnen."

„Sie dürfen mich gern wie früher duzen."

„Meine Mutter hat immer von dir erzählt, wenn wir telefoniert haben", sagte Martin Witting. „Du hast sie öfter besucht, stimmt's?"

Franzi berichtete ihm von ihrem letzten Besuch bei seiner Mutter am Vortag des Brandes.

„Du warst also gestern noch bei Mutter?" Seine Stimme klang ungläubig.

„Richtig. Wir ham gemütlich im Garten g'sessen und miteinander gequatscht."

„Wie ging es ihr?"

Franzi überlegte. „Marie ging es gut, Herr Witting. Sie hat über früher g'sprochen und dass sie es nicht leicht g'habt hat, nach dem Tod Ihres Vaters. Sie hat au von Ihnen g'sprochen."

„Von mir?", fragte er erstaunt.

„Ja, Marie hat g'sagt, dass sie so froh war, Sie zu haben. Sie ham Ihrer Mutter über ihren schlimmen Verlust hinwegg'holfen. Sie hat g'sagt, dass Sie Ihrem Vater sehr ähnlich sehen."

„Wir haben dieselben Augen, sagte Mutter immer." Herr Wittings Stimme klang eigentümlich belegt.

„Herr Witting, Ihre Mutter war a ganz liebe, starke Frau. I weiß, dass sie z'frieden war mit ihrem Leben. Des hat sie oft genug gesagt."

„Ich danke dir! Es tut mir wirklich gut, das zu hören. Ich hatte immer ein schlechtes Gewissen, dass ich so selten nach Augsburg gekommen bin. Aber die Arbeit ... Du weißt sicher, was ich meine. Irgendwas ist immer und auf einmal ist es zu spät ..."

„Haben Sie vor, demnächst nach Augsburg zu kommen?", fragte Franzi.

„Ja, ich komme die nächsten Tage. Ich muss mich ja um die Beerdigung kümmern und hab jede Menge Formalitäten zu erledigen." Er seufzte tief. „Eddie hab ich übrigens auch schon Bescheid gegeben. Du kennst ihn ja noch von früher. Er wird sich ebenfalls demnächst einfinden."

„Des isch gut. Melden Sie sich doch bei mir, wenn Sie da sind. I würd mi freuen!"

„Mach ich! Auf Wiederhören!"

Es knackte in der Leitung, als Herr Witting das Gespräch beendete.

Da musste Marie erst sterben, bis ihre Liebsten sich endlich aufrafften, sie zu besuchen ... Franzi schüttelte den Kopf. Nein, so durfte sie nicht denken. Marie hätte das nicht gewollt. Sie hatte immer Verständnis für ihre Familie gehabt und keinesfalls gewollt, dass sie sich ihretwegen Umstände machten. Maries Worte von gestern kamen Franzi wieder in den Sinn: *Man kann nicht in die Menschen hineinblicken*, hatte sie gesagt. Wie recht sie gehabt hatte! Wusste Franzi, warum Martin so selten nach Augsburg gekommen war oder was in Eddies Leben vorging? Nein, das wusste sie nicht. Also sollte sie auch nicht vorschnell über Dinge urteilen, ohne die Hintergründe zu kennen. Franzi nahm sich fest vor, sich diese Tatsache immer wieder vor Augen zu halten. Es hätte Marie sicher gefreut, wenn sie gewusst hätte, dass sich Franzi ihre Worte so zu Herzen nahm. Eine Art von Maries Vermächtnis. Das Einzige, was ihr noch von ihrer Freundin geblieben war! Das Einzige? Unwillkürlich musste Franzi an Herrn Gustav denken. Ihr fiel ein, dass sie mit Martin noch gar nicht über Maries Hund gesprochen hatte! Sicherlich würde er ihn mitnehmen wollen. Kurz überlegte sie, ihn nochmals anzurufen, entschied dann aber zu warten. Wenn er in den nächsten Tagen nach Augsburg käme, wäre immer noch genug Zeit, mit ihm darüber zu sprechen.

Franzi beschloss, noch ihren Posteingang durchzuge-
hen. Ein paar E-Mails beantwortete sie direkt, die anderen schob sie auf. Am Montag würde es auch noch rei-
chen, darauf zu antworten. Zum Glück war Freitag und
sie hatte am Wochenende etwas Zeit, sich zu erholen.
Ihr Kopf brummte. Die Ärztin hatte sie gewarnt, dass
sie mit stärkeren Kopfschmerzen rechnen musste und
es langsam angehen sollte. Franzi fuhr den PC runter.
Genau das würde sie jetzt tun! Es langsam angehen lassen! Sie würde nach Hause zu radeln und die Arbeit für
heute gut sein lassen.

Auf dem Heimweg machte sie einen kleinen Umweg.
Warum, wusste sie auch nicht so genau. Erst als sie in
Maries Straße einbog, wurde ihr bewusst, wo sie war.
Zögerlich fuhr sie weiter. Der Brandgeruch war immer
noch deutlich wahrnehmbar. Vor Maries Grundstück
war ein Bauzaun angebracht worden, um Neugierige
fernzuhalten. Dennoch standen einige Menschen davor und unterhielten sich aufgeregt.

Franzi schluckte, als Maries Haus in ihr Blickfeld
kam. Der Dachstuhl war halb eingestürzt. Die Wände
waren verrußt und die Fenster glichen schwarzen Lö-
chern, die sie unheilvoll anstarrten. Wo Maries geliebtes
Blumenbeet gewesen war, hatten schwere Stiefel
großen Schaden angerichtet. Der einst gepflegte Rasen
glich einem Schlammfeld. Die Gartenmöbel, auf denen
Franzi erst am Vortag mit Marie gesessen hatte, lagen
umgekippt auf dem Boden. Die Bezüge wiesen etliche
Brandlöcher auf. Maries Heim war nicht wiederzuer-
kennen. Franzi fuhr langsam weiter, als sie eine bekannte Stimme vernahm.

„Wissen Sie, die alte Frau war nicht mehr ganz Herrin ihrer Sinne", vernahm sie plötzlich eine Stimme aus der Menge. „Dement, verstehen Sie? Kein Wunder, dass so etwas passiert ist! Wir können von Glück sagen, dass unser eigenes Haus verschont geblieben ist!"

Franzi hielt mit quietschenden Bremsen neben der Gruppe an.

„Was fällt Ihnen ein, so über Marie zu reden!", schrie sie wütend.

Die Leute drehten sich erstaunt um und gaben die Sicht auf Frau Klein frei, die vor Maries Grundstück stand und Hof hielt.

„Sie schon wieder!", bemerkte sie spitz.

„Ja, i scho wieder!", keifte Franzi sie an. „Dass Sie's nur wissen, Marie war eine herzensgute Frau und keineswegs", sie zeichnete imaginäre Gänsefüßchen in die Luft, „*nicht mehr Herrin ihrer Sinne* oder gar *dement!*" Wütend funkelte sie Frau Klein an. „Marie isch no keinen Tag tot und Sie erdreischten sich allen Ernschtes, infame Lügen über sie zu verbreiten! Dass Sie sich net schämen!"

Ein paar der sensationslüsternen Spaziergänger traten betreten den Rückzug an.

„Lügen? Dass ich nicht lache!" Frau Klein deutete auf die Ruine. „Sieht das etwa so aus, als wäre Frau Witting noch in der Lage gewesen, sich selbst zu versorgen?" Sie schnaubte empört. „Mehr als einmal habe ich ihr in meiner Gutherzigkeit angeboten, ihr das Grundstück abzukaufen. Sie hätte sich von dem Geld noch ein paar schöne Jahre im Altersheim machen können. Wir können von Glück sagen, dass wir noch leben, mein Mann und ich!"

„Wenn i Sie wäre, würd i mich hier aber ganz schnell schleichen", knurrte Franzi bedrohlich und machte Anstalten abzusteigen.

Frau Klein lief schnellen Schrittes auf ihr Haus zu.

„Da hört sich doch alles auf! Das war eine Drohung! Sie haben es alle gehört!" Hektisch sah sie sich um, doch die wenigen verbliebenen Menschen machten keine Anstalten, ihr zu Hilfe zu kommen. Rasch sperrte sie ihre Tür auf und wandte sich nochmals Franzi zu.

„Ich rufe jetzt die Polizei, da können Sie sich sicher sein, Sie unverschämte Person, Sie!"

„Die Polizei isch scho da." Franzi grinste und zog in aller Ruhe ihren Ausweis aus der Tasche.

„Das ist ja wohl die Höhe!", kreischte Frau Klein empört und warf die Tür mit einem lauten Knall hinter sich zu.

Franzi atmete tief durch und stieg wieder auf ihr Fahrrad. Ihr Kopf pochte inzwischen unerträglich, und sie sehnte sich nach Ruhe. Die Auseinandersetzung mit dieser schrecklichen Person hatte sie viel Kraft gekostet.

„Die Frau Witting war eine ganz liebe Frau", sagte auf einmal jemand mit leiser Stimme direkt neben ihr. Franzi sah erstaunt auf und erblickte eine zierliche Frau so um die siebzig in einer blau gestreiften Kittelschürze. Sie trug ihr schneeweißes Haar streng nach hinten in einen ordentlichen Dutt gebunden und blickte Franzi durch die dicken Gläser ihrer Goldrandbrille warm an.

„Ich wohne nur ein paar Häuser weiter", erklärte sie und deutete die Straße runter. „Ich hab mich immer wieder gern mit Frau Witting über den Gartenzaun hinweg unterhalten. Ich werde die alte Dame sehr vermissen."

Franzi lächelte. „Das werde ich auch", sagte sie leise. „Vielen Dank für Ihre lieben Worte." Sie nickte der Frau freundlich zu, bevor sie in die Pedale trat.

Als sie kurz darauf zu Hause war und sich vergewissert hatte, dass es den beiden Vierbeinern gut ging, setzte sie sich auf ihre Terrasse und massierte mit kreisenden Bewegungen Pfefferminzöl auf ihre Schläfen. Tief sog sie den intensiven Geruch in die Nase und bildete sich ein, dass ihre Kopfschmerzen schon erträglicher wurden. Erleichtert schloss sie die Augen und döste etwas in der warmen Nachmittagssonne vor sich hin. Als es kühler wurde, zog sie sich ins Haus zurück. Ihr fiel ein, dass sie vergessen hatte, einkaufen zu gehen, doch Spaghetti mit Pesto gingen immer. Nach dem Essen machte sie es sich mit den Hunden auf der Couch gemütlich.

3.

Am Montag fühlte sich Franzi einigermaßen erholt. Sie war am Samstag kurz einkaufen gewesen, und hatte, abgesehen von Spaziergängen mit den Hunden, das Haus nicht verlassen. Das Wetter hatte es gut mit ihr gemeint und sie hatte viel Zeit auf ihrer Terrasse verbringen können, umgeben vom Summen der Bienen und dem Zwitschern der Vögel, die in ihrer Hecke munter Fangen spielten. Es kam ihr seltsam vor, dass das Leben nach einer solchen Tragödie einfach weiterging, als wäre nichts gewesen!

Herr Gustav war zum Glück wieder auf den Beinen und hatte mit Waschtl im Schlepptau den Garten erkundet. Häufig war er zur Gartentür gelaufen und hatte sich dort niedergelassen. Franzi vermutete, dass das kleine Kerlchen auf sein Frauchen wartete. Doch Waschtl hatte sein Möglichstes getan, um seinen Kumpel abzulenken. Er hatte sogar großzügig sein Spielzeug mit ihm geteilt, was Franzi verblüfft zur Kenntnis genommen hatte. Sie hatte Herrn Gustav sogar auf Waschtls Lieblingsdecke schlafend vorgefunden, an die er normalerweise niemanden ranließ! Franzi war zwar immer schon bewusst gewesen, dass Tiere äußerst empathisch waren, aber dass ihr Waschtl seine eigenen Bedürfnisse hintenanstellte, hatte sie so noch nie erlebt. Er wartete sogar geduldig, bis Herr Gustav gefressen hatte, bevor er zum Fressen ging.

Franzi machte sich etwas Sorgen, dass sich die Tiere zu sehr aneinander gewöhnen würden. Immerhin war es nur eine Frage der Zeit, bis Martin kommen und Herrn Gustav mitnehmen würde. Sie hoffte, dass die beiden die Trennung unbeschadet überstehen würden. Momentan aber tat es Herrn Gustav einfach nur gut, Waschtl um sich zu haben.

Nachdem Franzi ihr Frühstücksmüsli gegessen hatte, machte sie sich auf den Weg ins Präsidium. Sie freute sich unheimlich auf Helena, die gestern Abend angerufen hatte, nachdem sie zu Hause angekommen war. Das Gespräch war nur kurz gewesen, da Lena noch hatte auspacken müssen, daher hatte Franzi ihr nichts von dem verheerenden Brand erzählt.

Kurz entschlossen hielt sie vor einer Bäckerei und kaufte zwei Butterbrezen. Sie wusste, dass Helena sich immer besonders auf die röschen Brezen freute, wenn sie eine Zeit in Norddeutschland verbracht hatte.

Als sie die Tür zum Büro öffnete, hielt sie überrascht inne. Helena war bereits da und warf sich ihr strahlend in die Arme.

„Franzi! Ich freue mich so, dich endlich wiederzusehen!"

Innig drückten sie sich.

„Und i freu mich erscht!" Franzi schob ihre Kollegin von sich und betrachtete sie kritisch. „Gut schausch aus! Hasch a paar Pfund zug'legt, oder?"

Empört schüttelte Helena ihre Faust vor Franzis Nase.

„Willst du etwa sagen, dass ich dick geworden bin im Urlaub?"

Franzi lachte. „Ganz und gar net, meine Liebe. So gefällsch du mir viel besser! So a dürres Klapperg'schtell haut doch der kleinschte Wind um."

Helena legte den Kopf in den Nacken und lachte herzhaft.

„Ich habe mich auch wirklich gut erholt", berichtete sie augenzwinkernd. Sie zog Franzi zu dem runden Tisch in der Ecke und drückte sie auf einen Stuhl. Dann nahm sie ihr den Fahrradhelm aus der Hand und hängte ihn an die Garderobe.

„Nun willst du sicherlich wissen, was ich dir mitgebracht habe, stimmt's?"

Mit Grauen dachte Franzi an den geräucherten Aal und wappnete sich innerlich. Tapfer nickte sie.

„Du brauchst gar nicht so kritisch zu gucken." Helena grinste. „Ich hab dir diesmal einen anderen Fisch mitgebracht, weil Aal ja nicht so dein Fall war."

Franzi stöhnte. Das konnte ja heiter werden.

Helena holte aus ihrer Tasche ein hübsch verpacktes Päckchen und reichte es ihrer Kollegin.

Franzi nahm das Päckchen vorsichtig entgegen. Sie schnüffelte heimlich an dem Geschenk, konnte jedoch den typischen Fischgeruch zu ihrer Beruhigung nicht wahrnehmen.

„Keine Sorge, es stinkt diesmal nicht", sagte Helena schmunzelnd.

Vorsichtig löste Franzi die zierliche blaue Schleife. Dann schlug sie das meeresblaue Papier zurück und sah erstaunt auf die filigrane, türkisfarbene Porzellanschale in Fischform in ihrer Hand.

„Die isch ja ... wunderschön!"

Helena grinste.

„Ich könnte fast beleidigt sein, weil du so erstaunt bist, dass ich dir etwas Schönes mitgebracht habe."

„Nein, Lena, wirklich! I freu mi total!"

Begeistert drehte sie die hübsche Schale hin und her, um sie von allen Seiten zu bewundern.

Helena nickte zufrieden.

„Siehst du, ich wusste doch, dass dir die Schale gefallen würde. Meine Mutter hat eine ganz ähnliche. Sie benutzt sie als Seifenschale im Bad."

„Genau daran hab i au grad gedacht!", sagte Franzi strahlend. Sie stand auf und zog Helena in eine feste Umarmung. „I dank dir! Du bisch die Beschte!"

„Da geht man doch gern zur Arbeit, wenn man so gelobt wird!"

Helena grinste.

Es klopfte kräftig an der Tür und kurz darauf streckte Schorsch seinen roten Kopf zur Tür herein.

„I wollt nur schauen, ob unsere Lena wieder da isch!"

„Ja, bin ich. Heil und an einem Stück."

Der Streifenpolizist betrat breit lächelnd das Büro.

„Des g'freit mi! Geh, bei uns im Süden isch es doch viel scheener als da oben, oder?"

„Klar!"

Franzi sah Helena an, dass sie krampfhaft versuchte, ernst zu bleiben.

„Sag mal, Lena, hasch du vielleicht ...?"

Verlegen starrte der beleibte Polizist auf seine Füße.

„Na klar, Schorsch! Ich könnte dich doch niemals vergessen!"

Helena kramte in ihrer Handtasche.

„Ah, hier ist sie ja!" Sie zog eine große Zellophantüte hervor.

„Original Hamburger Speck!", sagte sie grinsend.

Schorsch strahlte über beide Ohren, als er die Köstlichkeit entgegennahm.

„Mei, danke, Lena! Echt!“

Er riss die Tüte auf und entnahm ihr sofort eines der bunten in Zucker gewälzten Schaumzucker-Stücke, die mit Fruchtgummi ummantelt waren. Genießerisch schob er es sich in den Mund und schloss die Augen.

„Hmmm!“

Franzi und Helena sahen sich amüsiert an und brachen gleich darauf in lautes Gelächter aus. Zu lustig wirkte der riesige Mann mit dem verklärten Gesichtsausdruck!

„Wollt's ihr vielleicht au was?“

Schorsch hielt den beiden Frauen großzügig die geöffnete Tüte hin.

„Nee, danke. Des darfsch du ganz allein verdrücken!“

Sie zwinkerte Helena zu, die nickte.

„Na dann, vielen Dank nomml!“, rief der Polizist und drehte sich zur Tür. Er tippte sich an die Mütze, bevor er den Raum verließ. „Habe die Ehre!“

„Lena, i hab au was für dich“, sagte Franzi und wühlte in ihrem Rucksack. Triumphierend zog sie die Tüte mit den Butterbrezen hervor.

„Tadaa!“

Helena strahlte.

„Endlich wieder richtige Brezeln!“

„Wenn du net aufpasst, machen wir no eine richtige Bayerin aus dir!“

„Wenn ich dann jeden Tag Brezeln bekomme, könnte ich mich glatt darauf einlassen!“ Helena schmunzelte.

„Du weißsch genau, dass des Brezen hoißt und net Brezeln!“, schimpfte Franzi mit erhobenem Zeigefinger.

Helena grinste.

„Das scheine ich wohl verlernt zu haben, bei uns da oben im Norden."

Franzi schüttelte den Kopf, bevor sie aufstand.

„Komm, i mach uns schnell zwei Milchkaffee, du Saupreiß."

Helena lachte.

„Gute Idee! Und bring gleich zwei Teller für die leckeren Brezen mit!"

„Wird gemacht!"

Fünf Minuten später saßen sich Lena und Franzi genussvoll kauend gegenüber.

„So lecker!", schwärmte Helena. „Und mir wird gar nicht mehr schlecht, wenn ich sehe, wie du deine Breze in den Milchkaffee tauchst!"

Unbeeindruckt rührte Franzi mit einem Stück Breze in ihrem Kaffee, um sich anschließend das matschige Teil in den Mund zu stecken.

„I weiß gar net, was du hasch! So schmeckt's halt am Beschten!"

„Also, ich bin jetzt ja schon eine ganze Weile in Augsburg, aber außer dir kenne ich niemanden, der seine Breze so misshandelt!"

Franzi grinste. „Dann kennsch du halt net die richtigen Leit!"

Es klopfte. Hauptkommissar Meier betrat das Büro.

„Ah, die Damen sind ... beschäftigt!"

Franzi sah, wie Helena nervös mit der Serviette ihren Mund abwischte. Sie wusste, dass ihre Freundin immer panische Angst davor hatte, vor ihrem Chef schlecht dazustehen.

„Leider ham wir für Sie keine Breze net, Herr Meier“, bemerkte Franzi zuckersüß. Amüsiert beobachtete sie, wie Helena entsetzt die Augen schloss.

„Ich habe bereits gefrühstückt, Frau Danner. Ich pflege das zu Hause zu erledigen.“

Er wandte sich an Helena, die nervös ihre Serviette knetete.

„Ich hoffe, Sie haben Ihren Urlaub genossen, Frau Hansen?“

Helena nickte. „Ja, danke, Herr Meier.“

„Es wartet einiges an Arbeit auf Sie. Frau Danner wird froh über ihre Unterstützung sein, vor allem nach den schlimmen Ereignissen letzte Woche.“

Erstaunt blickte Helena Franzi an. „Schlimme Ereignisse?“

„Ach, Sie wissen noch gar nichts davon?“ Herr Meier zog erstaunt eine Augenbraue hoch.

„Nein, des weiß sie no net, Herr Meier“, sagte Franzi unwirsch. „Aber es wird mir ein Vergnügen sein, Frau Hansen unverzüglich ins Bild zu setzen.“ Sie sprach gezielt gestelzt, um ihren Unmut über Herrn Meiers Äußerungen zum Ausdruck zu bringen.

„Ach so, ja dann ...“ Herr Meier nickte ihnen zu und machte Anstalten, den Raum zu verlassen.

„Ach, Herr Meier“, rief Franzi ihm hinterher, „i würd gern den Brand von Freitagnacht etwas genauer unter die Lupe nehmen.“

Sie spürte Helenas fragenden Blick auf sich, ignorierte ihre Kollegin jedoch erst einmal. Sie würde sie später ins Bild setzen.

Erstaunt drehte ihr Chef sich um. „Den Brand? Gibt es denn Anzeichen für Brandstiftung?“

„Die Feuerwehr schließt des zum jetzigen Zeitpunkt net aus."

Franzi wusste genau, dass sie die Wahrheit gerade arg verbog, aber immerhin hatte Branddirektor Husmann Brandstiftung ja nicht zu hundert Prozent ausgeschlossen.

„Also gut, Frau Danner." Herr Meier sah sie ernst an. „Mir ist bewusst, dass sie eine persönliche Beziehung zu diesem Fall haben, und Sie wissen genau, dass das nicht gerade hilfreich ist, nicht wahr?"

Franzi wollte aufbegehren, doch ihr Chef hielt sie mit erhobener Hand zurück. „Ich gebe Ihnen bis Ende der Woche. Wenn der endgültige Feuerwehrbericht Brandstiftung ausschließt, wird der Fall geschlossen, haben wir uns da verstanden?" Er taxierte sie streng über seinee randlose Lesebrille hinweg.

Franzi nickte ernst.

„Dann frohes Schaffen, meine Damen."

Mit einem kurzen Nicken in ihre Richtung verließ Herr Meier den Raum.

Franzi lehnte sich seufzend zurück und nahm einen großen Schluck Milchkaffee. Sie fühlte Helenas Blick auf sich. Nach einer Weile erwiderte sie ihn.

„I hätt's dir scho no erzählt! Aber i wollt halt net mit der Tür ins Haus fallen!"

Schweigend sah Helena Franzi an und kreuzte ihre Arme vor der Brust. Die seufzte und berichtete ihrer Freundin von den Ereignissen vor wenigen Tagen.

Entsetzt weiteten sich Helenas Augen. Sie sprang auf und kniete sich neben Franzis Stuhl, bevor sie sie fest in ihre Arme zog.

Franzi spürte, wie ihr Tränen über die Wange liefen. Die Umarmung ihrer Freundin tat ihrer Seele unwahrscheinlich gut. Nach einer Weile löste sie sich aus Helenas Armen und wischte sich mit dem Ärmel ihrer Leinenbluse über das Gesicht.

„Des basst scho, Lena. I dank dir.“

Helena setzte sich wieder, rückte aber ihren Stuhl näher heran und nahm Franzis Hand fest in ihre.

„Da passt gar nichts, Franzi! Ich kann nicht fassen, was du durchmachen musstest! Ich weiß doch, wie nah du Marie standest! Du hast ja oft genug von ihr erzählt.“

Franzi nickte. „Es isch einfach net vorstellbar, dass sie von einem Tag auf den andren nimmer da sein soll! An einem Tag sitzen wir no gemütlich in Maries Garten, am nächschten Tag isch sie einfach so tot!“

Helena drückte mitfühlend ihre Hand.

„Warum hast du mich denn nicht sofort angerufen?“

Franzi sah auf. „Was hätte des denn gebracht? I wollt dir dein letzschtes Urlaubswochenende doch net versauen! Und Marie wär davon au nimmer lebendig geworden ...“

„Aber ich hätte für *dich* da sein können!“, sagte Helena eindringlich. „Und ich hätte auch für dich da sein *wollen*!“

Franzi lächelte dankbar.

„Des weiß i doch, Lena! I hab einfach Zeit gebraucht, um die Sache zu verarbeiten ...“

„Jetzt bin ich ja da!“

„Ja“, sagte Franzi lächelnd, „Jetzt bisch du ja da!“

Den restlichen Vormittag brachte Franzi Helena up to date mit den zu bearbeitenden Fällen. Es handelte sich vorwiegend um Betrugsdelikte.

Beim gemeinsamen Mittagessen, das sie aufgrund des Wetters im nahe gelegenen Wittelsbacher Park verbrachten, fasste Helena Franzi am Arm und sah sie eindringlich an.

„Hör mal zu, liebste Franzi. Ich kenne dich inzwischen so gut, dass mir absolut klar ist, dass du sowieso an nichts anderes als den schrecklichen Brand denken kannst. Also, was hältst du davon, dass wir beide das so regeln, dass du dich diese Woche ganz auf diese Sache konzentrierst und ich mich um die anderen Fälle kümmere? Du hast ja sowieso nur diese Woche Zeit, wie es aussieht."

Franzi hatte ihr von dem Gespräch mit der Feuerwehr berichtet und gestanden, dass sie die Wahrheit ein wenig gebogen hatte.

„Des würdsch du für mich machen?" Dankbar strahlte sie ihre Kollegin an.

„Aber natürlich!", erwiderte Helena, ohne zu zögern. „Du würdest schließlich dasselbe für mich tun."

„I dank dir! Aber beim Fall Breuchner müssen die Ermittlungen bereits bis Donnerstag abgeschlossen sein und beim Fall Moslach bis kommende Woche."

Helena winkte ab. „Kein Thema. Das krieg ich hin! Du hast die Akten wunderbar geführt, sodass ich da nahtlos ansetzen kann."

„Des wär mir wirklich eine große Hilfe ..."

„Ich sagte doch, kein Problem! Sag du mir lieber, wenn ich dich sonst irgendwie unterstützen kann!"

Franzi nickte. „Des werd i! Versprochen!"

Am Nachmittag arbeiteten sie lange Zeit schweigend vor sich hin. Nur das emsige Geklapper der Computertastaturen war zu hören. Franzi ging ein weiteres Mal den Bericht über die Brandnacht durch, um alle Details aufzunehmen. Auch den vorläufigen Bericht der Feuerwehr ging sie etliche Male durch. Es war zum Mäusemelken! Alle Zeichen deuteten auf Selbstverschulden! Franzi lehnte sich zurück und schloss die Augen. Sie erinnerte sich an ein Gespräch mit Marie vor ein paar Monaten.

Der Kaminkehrer hatte kurz zuvor in der Nachbarschaft seine übliche Runde gemacht und dabei natürlich auch die Holzöfen inspiziert. Franzi musste eine neue Glasplatte für den Boden vor dem Ofen anschaffen und ärgerte sich darüber, was sie ihrer Freundin auch erzählte.

„Weißt du, Franzi, das mit dem Holzofen ist so eine Sache", hatte Marie ihr stirnrunzelnd geantwortet. „Ich liebe die heimelige Wärme, die er verströmt, gar keine Frage. Es gibt wohl nichts Schöneres, als an einem nasskalten Tag ein Feuer zu entfachen und die schnelle Wärme zu genießen. Aber niemals darfst du die Gefahr unterschätzen, die von einem solchen Ofen ausgeht! Feuer bringt nicht nur Wärme, es bringt auch den Tod, vergiss das nie! Eine kleine Nachlässigkeit und dein Haus ist Geschichte! Wenn der Kaminkehrer also sagt, du brauchst eine größere Glasplatte, damit die Funken nicht deinen Holzboden erreichen können, dann hörst du gefälligst auf ihn!"

Mit offenem Mund hatte Franzi ihrer alten Freundin zugehört. So vehement hatte sie sie noch nie zuvor erlebt.

Franzi massierte sich mit den Fingerspitzen die Schläfen, während sie versuchte, sich zu erinnern. Selten war Marie so ernst gewesen wie in diesem Augenblick.

Schließlich hatte sie Franzi davon berichtet, dass eine Nachbarsfamilie, als Marie noch ein kleines Mädchen gewesen war, in seinem Haus verbrannte, was Marie unglaublich geschockt hatte. Sie erzählte mit leiser Stimme von dem lodernden Inferno und den Schreien, die aus dem brennenden Haus gellten. Obwohl man alles Mögliche versucht hatte, war niemand den Flammen entkommen. Seitdem hatte sie einen Heidenrespekt vor dem Feuer, da sie seine vernichtende Kraft aus nächster Nähe erlebt hatte.

Franzi runzelte die Stirn. Das passte doch alles nicht zusammen! Sollte diese Frau wirklich einfach vergessen haben, die Ofentür ordentlich zu verriegeln?

Sie öffnete die Augen und sah, dass Helena zu ihr hinübersah. Franzi wusste, dass ihre Partnerin auf sie achtete. Was für ein tolles Gefühl! Dankbar lächelte sie Helena an, die ihr zuzwinkerte, bevor sie sich weiter der vor ihr liegenden Akte widmete.

Das laute Schrillen des Telefons unterbrach die Stille. Franzi zuckte zusammen, bevor sie sich sammelte und den Hörer abnahm.

„Ja, bitte?"

„Mönlein, vom Eingang. Frau Kommissarin Danner, hier ist ein Herr Martin Witting für Sie, der Sie gerne sprechen würde. Er hat allerdings keinen Termin."

„Bitte schicken Sie ihn sofort herauf!"

Als sie den Hörer auflegte, musterte Helena sie fragend.

„Maries Sohn kommt zu uns ins Büro. Er lebt in Stuttgart und hat mir am Telefon schon gesagt, dass er demnächst vorbeikommt."

Helena nickte, als es auch schon an der Tür klopfte.

„Herein!“

Die Tür öffnete sich und ein etwa ein Meter siebzig großer, schlanker Mann so um die sechzig betrat das Büro. Er trug sein schütteres Haar streng über den Kopf gescheitelt, wohl in der Hoffnung, aus wenig mehr zu machen. Dennoch konnte er nicht verhindern, dass seine ausgeprägten Geheimratsecken durch die dünnen Strähnen schimmerten.

„Guten Tag, die Damen.“

Franzi erhob sich. „Kommen'S doch rein, Herr Witting. Des isch meine Kollegin Frau Hansen.“

Sie deutete auf Helena, die ebenfalls aufgestanden war.

„Ich möchte Ihnen mein aufrichtiges Beileid zum Tode Ihrer Mutter aussprechen“, sagte Helena ernst.

Herr Witting nickte ihr dankbar zu.

„Setzen'S sich doch“, sagte Franzi und deutete auf die Sitzgruppe in der Ecke.

Herr Witting folgte ihr dorthin und ließ sich auf einem der Stühle nieder.

„Darf i Ihnen was zum Trinken anbieten? Vielleicht 'nen Kaffee?“

„Nein, danke. Das ist wirklich lieb von dir, aber ich brauche nichts.“

Franzi setzte sich ihm gegenüber.

„Au von mir nomml mein allerherzlichschtes Beileid, lieber Herr Witting. I vermiss die Marie wirklich sehr!“

„Vielen Dank“, erwiderte ihr Gegenüber mit einem schweren Seufzer, „ich vermisse sie auch. Kaum vorstellbar, dass sie einfach nicht mehr da sein soll!“ Er sah auf. „Gibt es denn schon etwas Neues bezüglich der Brandursache?“

Franzi schüttelte betrübt den Kopf. „Bis jetzt liegt no kein abschließender Feuerwehrbericht vor. Der vorläufige Bericht geht von Selbschtverschulden aus."

„Ja, so was in der Art hat man mir schon am Telefon gesagt", antwortete Herr Witting ernst. „Aber ich kann mir das überhaupt nicht vorstellen!"

„I au net! Die Marie war immer äußerscht sorgfältig, vor allem wenn es um Feuer ging", erwiderte Franzi aufgebracht. „Niemals hätte sie die Ofentür einfach so aufg'lassen!"

Herr Witting schüttelte den Kopf. „Das kann ich mir bei Mutter beim besten Willen auch nicht vorstellen! Sie hat mir immer wieder eingebläut, mit dem Ofen äußerst vorsichtig umzugehen." Er schmunzelte. „Ich glaube, sie hat mich zum ersten Mal an den Ofen gelassen, als ich schon über sechzehn war."

Franzi lachte. „Des kann i mir gut vorstellen." Sie wurde wieder ernst. „Marie hat mir mal von 'nem schlimmen Brand erzählt, der ihre gesamten Nachbarsfamilie das Leben gekoschtet hat."

Herr Witting nickte. „Ja, die Geschichte kenne ich gut. Das muss noch vor ihrer Flucht aus Pommern gewesen sein. Mutter war damals noch sehr jung. Sie hat zeit ihres Lebens diese schlimme Geschichte nicht vergessen können."

„Genau", bemerkte Franzi eifrig. „Und grad weil sie so ernscht mit dem Thema Feuer umgegangen isch, kann i mir beim beschten Willen net vorstellen, dass sie einfach vergessen haben soll, die Ofentür zuzumachen!"

Herr Witting nickte nachdenklich. „Ich verstehe deinen Gedankengang ..."

Franzi sah ihm an, dass er noch etwas hinzufügen wollte, sich aber zurückhielt.

„Aber …?“, bohrte sie nach.

Herr Witting hielt abwehrend die Hände nach oben. „Nichts aber …“ Er blickte sie ernst an. „Ich frage mich nur, ob vielleicht Mutters doch recht hohes Alter eine Rolle gespielt haben könnte …“

„Bitte was?“ Entsetzt starrte Franzi ihn an.

„Nun ja, Mutter war ja nicht mehr die Jüngste …“

Franzi sprang auf.

„Des kann doch net Ihr Ernscht sein!“, rief sie aufgebracht. „Die Marie war topfit für ihr Alter!“

Helena stand auf und lief um ihren Schreibtisch herum zu ihr.

„Franzi, beruhige dich“, sagte sie mit sanfter Stimme und drückte sie mit beiden Händen wieder auf ihren Stuhl. Sie zog den dritten Stuhl heran und setzte sich dicht neben Franzi.

„Der Herr Witting hat sicher nichts Böses gemeint, mit seiner Aussage“, sprach sie leise auf Franzi ein. „Bitte versuche ruhig zu bleiben.“

Franzi atmete ein paar Mal tief durch, bevor sie nickte.

„Du hasch ja recht! Danke, Lena.“

Sie wandte sich an Herrn Witting, der die Szene beunruhigt beobachtet hatte.

„Es tut mir leid, Herr Witting, aber i hab Ihre Mutter so gut gekannt, dass i des einfach net auf ihr sitzen lassen kann! Ja, die Marie war über achtzig, aber sie war geischtig topfit! Vielleicht ham ihr ab und zu mal die Gelenke oder der Rücken zu schaffen gemacht, aber im

Kopf war sie voll da! Des könnt's ihr mir ruhig glauben!"

„Natürlich glauben wir dir", sagte Helena. „Nicht wahr, Herr Witting?"

Der ältere Mann nickte eifrig.

„Selbstverständlich! Ich glaube, kaum jemand kannte meine Mutter so gut wie du. Ich war ja leider eher selten bei ihr zu Besuch ..."

Franzi entspannte sich sichtlich. Helena sah sie noch einmal prüfend an, bevor sie sich wieder erhob und zurück zu ihrem Schreibtisch ging.

„Wie geht's jetzt bei Ihnen weiter?", fragte Franzi.

„Ich habe am Mittwoch einen Termin beim Notar und morgen Vormittag treffe ich den Pfarrer wegen der Beerdigung."

„Soll i mi vielleicht um den Blumenschmuck kümmern?"

„Würdest du? Das wäre großartig!" Herrn Witting stand die Erleichterung ins Gesicht geschrieben. Er wirkte mit der ganzen Situation reichlich überfordert.

„Wie sieht's aus mit dem Leichenschmaus?"

Herr Witting zuckte hilflos mit den Schultern. „Daran hab ich auch schon gedacht ... Sobald ich weiß, wann die Beerdigung stattfindet, rufe ich mal ein paar Lokale an."

Franzi nickte. „Wenn i bei irgendwas helfen kann, sagen'S doch einfach Bescheid."

Sie stand auf und holte eine Visitenkarte aus ihrer Schreibtischschublade.

„Hier steht meine Handynummer drauf. Bitte zögern'S net, mich anzurufen!"

Dankbar nahm Herr Witting die Karte entgegen und steckte sie in seine Jackentasche. Er machte Anstalten, aufzustehen.

Franzi hielt ihn zurück. „Moment noch."

„Hab ich was vergessen?"

Franzi nickte. „Wir müssen noch über Herrn Guschtav reden."

Verwirrt sah Herr Witting Franzi an. Sie sah ihm an, dass er keine Ahnung hatte, von wem sie sprach.

„Na, der Herr Guschtav! Maries Dackel!"

„Ach du meine Güte! An den hab ich ja gar nicht mehr gedacht! Hat der Hund das Feuer etwa überlebt?"

„Ja, doch es sah am Anfang ganz schön kritisch aus, aber der kleine Schlawutzi hat sich tapfer geschlagen. Momentan ruht er sich bei mir daheim von den Strapazen aus, und der Waschtl passt auf ihn auf."

„Der Waschtl?"

„Na, mein Hund", erwiderte Franzi. „Wollen Sie den Herrn Guschtav heut no holen oder wie sollen wir des machen?"

Herr Witting zog beide Augenbrauen hoch.

„Wie jetzt, holen?"

„Na, den Herrn Guschtav. Der isch doch noch bei mir." Verständnislos sah ihr Gegenüber sie an.

„Versteh mich bitte nicht falsch, aber was soll ich denn mit einem Hund?"

Franzi starrte ihn fassungslos an.

„Na, ich hab doch nur eine kleine Wohnung! Das ist doch nichts für so ein Tier!" Er hielt kurz inne und dachte nach. „Vielleicht kann sich ja der Eddie um ihn kümmern ..."

Franzi atmete tief durch. Sie konnte es absolut nicht nachvollziehen, dass Herr Witting nicht mal in Erwägung zog, den kleinen Hund bei sich aufzunehmen. Immerhin war er das Letzte, was von seiner Mutter geblieben war. Ihr Ein und Alles!

„Na gut", erwiderte Franzi knapp. „Dann fragen wir halt den Eddie. Wissen Sie schon, wann Sie ihn treffen?"

„Er müsste eigentlich schon in Augsburg sein. Er wollte bei einem Kumpel unterkommen."

„Lebt er gar net mehr in Augschburg?", fragte Franzi erstaunt.

„Nein, schon länger nicht mehr. Ihn hat's in Richtung Ulm verschlagen."

„Hat er eigentlich Familie?"

„Leider nicht." Herr Witting seufzte. „Dabei hätte sich Mutter so sehr ein Urenkelchen gewünscht ..."

Franzi nickte. „Des kann i mir gut vorstellen!"

Der ältere Herr erhob sich. „Na, dann geh ich jetzt mal wieder. Vielen Dank fürs Kümmern! Kannst du mir bitte Bescheid geben, wenn Mutters Leiche freigegeben wird?"

„Ja, natürlich." Franzi erhob sich ebenfalls und begleitete ihren Besuch zur Tür. „Bis bald!"

„Bis bald, die Damen! Auf Wiedersehen!"

Herr Witting verließ das Büro und zog die Tür hinter sich zu.

„Ja, isch des denn zu fassen?", stöhnte Franzi. Sie lief zurück zu ihrem Schreibtisch, wo sie sich auf ihren Stuhl fallen ließ, was dieser mit einem empörten Knarzen quittierte.

„Was genau meinst du?", fragte Helena mit hochgezogener Augenbraue.

„Na, die Sache mit Herrn Guschtav! Des arme Tier!"

„Na hör mal, Franzi, du kannst doch nicht erwarten, dass jemand einfach so ein Tier bei sich aufnimmt!"

„Und warum bittschön net?"

„Ganz einfach, es ist nun mal nicht jeder darauf eingestellt, ein Tier zu beherbergen. Ein Tier kostet Zeit und braucht jede Menge Aufmerksamkeit, wie du genau weißt. Man kann es nicht einfach so in eine kleine Wohnung sperren."

„Aber der Hund war Maries Ein und Alles", erwiderte Franzi eindringlich. „Sie hat ihn über alles geliebt!"

„Ich verstehe dich ja", antwortete Helena sanft. „Aber das heißt immer noch nicht, dass sich Herr Witting in der Lage sehen muss, das Tier aufzunehmen. Besser, er sagt das gleich, bevor er ihn danach noch ins Tierheim bringen muss und der Hund am Ende völlig verwirrt ist."

„Ins Tierheim?! Wer redet denn vom Tierheim?"

„Diese Heime wurden nun mal genau für solche Zwecke geschaffen! Was bitte soll denn sonst mit dem Hund passieren? Er wird es da sicher gut haben und Artgenossen zum Spielen finden."

„Nur über meine Leiche!"

„Vielleicht haben wir ja Glück und der Enkel von Frau Witting nimmt den Hund bei sich auf", sagte Helena besänftigend.

Franzi atmete tief durch. „Ja, hoffen wir's!"

Helena suchte ihre Sachen zusammen. „Es ist spät geworden", sagte sie mit einem Blick zu der großen Uhr an der Wand. „Ich mach Schluss für heute. Kommst du auch?“

Franzi nickte. „Ja, i muss dringend nach den Hunden sehen.“

Sie fuhr den PC herunter und holte ihre Jacke und den Fahrradhelm von der Garderobe. Gemeinsam verließen sie ihr Büro und nahmen die Treppe. Am Ausgang trennten sie sich, da Helena mit dem Auto da war.

„Bis morgen!“, sagte Helena und umarmte ihre Partnerin fest.

„Bis morgen, Lena“, antwortete Franzi und erwiderte die Umarmung herzlich. „Schee, dass du wieder da bisch!“

Zu Hause erwarteten zwei aufgeregt mit dem Schwanz wedelnde Hunde Franzi schon an der Gartentür. In Franzis Garten stand ein kleines windschiefes Gartenhäuschen, in dem sie eine gemütliche Ecke für ihren Waschtl eingerichtet hatte, die er momentan mit seinem Freund Herrn Gustav teilte. Von da aus konnten die Hunde bei Bedarf einfach in den Garten gehen.

Beim Anblick der Tiere quoll Franzi das Herz über. Herr Guschtav versuchte, es Waschtl gleichzutun und an ihr hochzuspringen, was ihm aufgrund seiner lediglich drei Beine nur unzureichend gelang. Sie beugte sich nach unten und herzte den kleinen Kerl ausgiebig. Auch Waschtl bekam natürlich jede Menge Streicheleinheiten, die sich der zottelige Vierbeiner gern gefallen ließ.

„Habt’s ihr zwei Hübschen vielleicht Luscht auf einen schönen Spaziergang?“

Franzi lachte, als die beiden sie fast umwarfen mit ihrer Begeisterung.

„Isch ja scho gut. I hol nur schnell die Leine und bin sofort wieder da!"

Kurze Zeit später lief Franzi in Richtung Wertach. Sie führte Herrn Gustav an der Leine und Waschtl hielt sich dicht daneben. Ihrem Hund vertraute Franzi blind, daher durfte er meistens ohne Leine laufen, aber Herrn Gustavs Verhalten konnte sie noch nicht gut genug einschätzen, dass sie ihn ebenfalls ohne Leine laufen lassen konnte.

Nach einer Weile fand Franzi eine großzügige Kiesbank, auf die sie mit den Hunden ging. Weit und breit war niemand zu sehen. Perfekt! Sie löste die Leine und ließ die Hunde laufen. Hechelnd sprangen sie durch das niedrige Wasser und spritzten sich dabei gegenseitig nass.

Franzi ließ sich auf der Kiesbank nieder und genoss die letzten Sonnenstrahlen auf ihrem Gesicht. Die von der Sonne erhitzten Steine wärmten angenehm von unten. Sie schloss die Augen und lauschte dem gurgelnden Wasser, dem Schnattern der Enten und den Geräuschen der herumtollenden Hunde. Die Luft war erfüllt vom vorabendlichen Gesang der Amseln, die allen verkünden wollten, dass die Nacht bald hereinbrechen würde. Franzi spürte augenblicklich, wie sie ruhiger wurde. Die Anspannung des Tages fiel von ihr ab. Plötzlich hörte sie ein Jaulen, gefolgt von einem hässlichen Quietschen. Erschrocken fuhr sie hoch und sah den wild bellenden Waschtl im niedrigen Wasser herumspringen, während der Kopf des kleinen Dackels weiter draußen in der heute nur träge dahinfließenden Wertach sichtbar war.

„Um Himmels willen! Herr Guschtav!", schrie Franzi entsetzt. Sie sprang auf und wollte gerade die Schuhe herunterstreifen, um dem wild paddelnden Hund, der sich langsam, aber stetig entfernte, zu Hilfe zu kommen, als ein Schatten an ihr vorbeisprang. Er warf etwas zu Boden und bevor sie sich versah, sprang dieser Jemand bereits mit großen Sätzen in die Fluten und kraulte mit kräftigen Zügen in Richtung Herr Gustav.

Zitternd vor Angst rannte Franzi an der Kiesbank entlang, dicht gefolgt von dem wild bellenden Waschtl, und verfolgte Herrn Guschtav und den Schwimmer mit den Augen. Gleich würde das Ende der Kiesbank erreicht sein! Franzi machte sich größte Sorgen. Der Fluss verbreiterte sich hier und die Uferböschung war relativ steil. Doch endlich war der Mann bei dem kleinen Hund angekommen und zog ihn am Halsband zu sich heran. Er legte sich auf den Rücken und hielt den Dackel fest im Arm, während er langsam zum Ufer schwamm. Kurz darauf hatte er das Ende der Kiesbank erreicht und schleppte sich keuchend an Land.

Aufgelöst riss Franzi ihm den kleinen Hund aus den Armen und betrachtete ihn von allen Seiten. Herr Gustav schleckte ihr über das Gesicht und zitterte heftig, aber ansonsten schien es ihm gut zu gehen. Schnell zog Franzi ihre Jacke aus und wickelte den kleinen Hund sorgfältig hinein und drückte ihn nah an ihrem Körper, um das Tier zu wärmen. Erst dann wandte sie sich an seinen Retter, der sich mit den Händen auf den Knien abstützte und heftig atmete.

„Vielen Dank, dass Sie meinen Hund gerettet haben! I war grad dabei, in die Wertach zu springen, als Sie schon da waren. Vielen, vielen Dank."

Der Mann winkte schnaufend ab. Das Wasser lief aus seinen schulterlangen Haaren über seinen, wie Franzi mit einem schnellen Blick feststellte, doch recht muskulösen Oberkörper. Langsam richtete der Mann sich auf.

„Irgendwie scheint das zur Gewohnheit zu werden, dass Sie Gegenstände im Wasser verlieren", bemerkte er grinsend, während er sich mit einer Hand das nasse Haar nach hinten strich.

Franzi schoss augenblicklich die Hitze ins Gesicht, als sie erkannte, wer vor ihr stand. Der Mann aus dem Krautgarten!

„Ein Hund isch doch kein Gegenstand! Und überhaupt, was soll denn des heißen, dass i immer was verlier?"

„Hey", beschwichtigend hob er beide Hände hoch, „nix für ungut! Sollte nur ein Scherz sein!"

„Sehr witzig", knurrte Franzi.

„Aber mal im Ernst, wie geht's denn dem kleinen Kerl?"

Vorsichtig hob Franzi ihre Jacke an.

„Gut, würd i sagen. Der Herr Guschtav hält gerade ein kleines Nickerchen."

Der Mann lachte. „Dann hat sich die Aktion ja wenigstens gelohnt!"

„I hätt mir des nie verzeihen können, wenn dem kleinen Kerl was zug'schtoßen wär!", seufzte Franzi.

„Der Kleine war aber bei unserer letzten Begegnung nicht dabei, wenn ich mich nicht täusche."

Franzi schüttelte den Kopf. „Nein, i hab ihn erscht seit Kurzem." Sie machte eine Pause, bevor sie hinzufügte: „Sein Frauchen isch leider verstorben."

„Oh, das tut mir leid!“ Der Mann sah ehrlich zerknirscht aus. „Aber wo bleiben eigentlich meine Manieren?“, rief er plötzlich. „Ich habe mich ja noch gar nicht vorgestellt. Ich bin der Moritz oder einfach nur Mo.“

„I hab mal ’nen Kater g’habt, der Moritz hieß.“

Franzi konnte nicht glauben, dass sie das gerade gesagt hatte. Ihr Gegenüber musste sie ja für total bekloppt halten! Sie drehte sich beschämt um und lief die Kiesbank wieder nach vorn, dicht gefolgt von dem lachenden Moritz. Waschtl sprang übermütig zwischen ihnen hin und her und jagte begeistert die Flusskiesel, die Moritz für ihn ins Wasser warf.

Als sie an ihrem Ausgangspunkt ankamen, hob Moritz sein Hemd auf und streifte es sich über.

„Du hast mir noch gar nicht gesagt, wie du heißt.“

Franzi überlegte kurz, Moritz darauf hinzuweisen, dass sie ihm keineswegs das „Du“ angeboten hatte, verwarf den Gedanken aber gleich darauf wieder. Sie legte auf so etwas sowieso keinen Wert und duzte die Menschen normalerweise ihrerseits in Grund und Boden.

„I bin die Franzi“, antwortete sie daher knapp.

„Schön, dich kennenzulernen, Franzi.“

„Ja … I muss dann au los … Der Herr Guschtav … Du verstehsch?“

Moritz nickte verständnisvoll. „Klar, ich muss auch weiter.“ Er deutete auf das Rad, das achtlos am Rand des Weges lag. Langsam verließen sie gemeinsam die Kiesbank und blieben vor dem Rad stehen.

Moritz hob es auf und schwang sich in den Sattel. Franzi staunte. Selten hatte sie einen Drahtesel gesehen, der so gut in Schuss war. Das alte Modell war liebevoll lackiert und auf Hochglanz poliert worden. Ihr eigenes heiß geliebtes Fahrrad hatte auch schon etliche Jahre auf dem Buckel und wurde von Franzi ebenso liebevoll gehegt und gepflegt.

„Na dann … Man sieht sich!", sagte Moritz grinsend.

„Ja, mal sehen … Pfiat di!", erwiderte Franzi und sah dem beschwingt davonradelnden Mann hinterher.

In ihrem Arm regte sich der kleine Hund. Franzi sah, dass er die Augen geöffnet hatte.

„Du machsch aber au Sachen, Herr Guschtav!", tadelte Franzi ihn leise, während sie, dicht gefolgt von Waschtl, den Heimweg antrat. „Wenn i g'wusst hätt, dass du net g'scheit schwimmen kannsch, hätt i di doch niemals ohne Leine ans Wasser lassen! Des üben wir aber noch, nur dass du's weißsch! Der Waschtl wird dir des scho g'scheit beibringen!"

Der Dackel sah Franzi aufmerksam an, als verstünde er jedes Wort. Dann schloss er die Augen wieder und kuschelte sich in ihre Jacke.

„Du wirsch mir echt fehlen, wenn der Eddie dich mitnimmt", flüsterte Franzi und drückte ihn fest an sich.

4.

„Guten Morgen! Hattest du einen schönen Feierabend gestern?"

Helena sah Franzi von ihrem Schreibtisch aus erwartungsvoll an.

Franzi schloss die Bürotür und lief zur Garderobe, wo sie ihre Jacke und ihren Fahrradhelm ablegte.

„Ja, danke. I war mit den Hunden schön spazieren. Und ihr? Was habt's ihr no g'macht?"

Helena seufzte. „Da gibt's kein *ihr*... Nick ist kaum aus dem Urlaub zurück, da hat er auch schon kaum Zeit für mich."

„Hoi, wieso das denn?"

Helena zuckte mit den Schultern. „Ich weiß auch nicht, aber er kam erst super spät heim und musste dann noch am Computer arbeiten."

„Er hat sicher nur einiges aufzuholen, wie du ja au."

Franzi deutete auf den Stapel Akten auf Helenas Schreibtisch.

„Du hast ja recht. Es sammelt sich halt doch eine Menge an, wenn man eine Zeit lang weg war."

„Habt's ihr euch da droben eigentlich ab und zu mal g'sehen?"

Franzi wusste, dass Nick in Potsdam seinen Eltern bei der Steuererklärung geholfen hatte, während Helena die Zeit bei ihren Eltern in Hamburg verbracht hatte.

„Klar, am Anfang war ich ja auch ein paar Tage in Potsdam bei Nicks Familie. Wir waren endlich in dem neuen Museum in Berlin und haben auch eine schöne

Spreefahrt unternommen. Am Ende hat er mich dann in Hamburg abgeholt und wir waren noch gemeinsam zwei Tage bei Jenny."

„Wie geht's denn unserem Hannes?"

Helena lachte. „Ich hab ihn nur kurz gesehen, aber ihm scheint's wunderbar zu gehen. Er lässt dich schön grüßen."

„Des freut mi aber!"

Franzi mochte Helenas Großcousin, der eine Zeit lang in Augsburg gelebt hatte, um im Präsidium ein Praktikum zu machen. Unglückliche Umstände hatten damals dazu geführt, dass er sich in die falschen Kreise begeben hatte und Franzi und Helena hatten ihn da wieder raushauen müssen. Seitdem war der junge Mann geläutert und hatte nach dem bestandenen Abitur sein Jurastudium aufgenommen. Helena und Franzi waren mächtig stolz auf ihren ehemaligen Schützling.

Franzi setzte sich an ihren Schreibtisch und fuhr den PC hoch.

„Na dann ... Frohes Schaffen, meine Liebe."

Helena grinste, bevor sie sich wieder in die Akten vertiefte.

Franzi sah in ihren Posteingang. Nichts von Bedeutung. Der endgültige Bericht der Feuerwehr würde nicht vor Ende der Woche kommen. Gerade als sie wegklicken wollte, ploppte eine neue Nachricht auf.

Als Franzi sah, dass sie von der Pathologie kam, klopfte ihr Herz schneller. Sie öffnete die Nachricht.

Liebe Frau Danner,

Franzi schluckte und öffnete den Anhang. Laut dem Pathologen war Marie für ihr Alter ungewöhnlich gesund
gewesen. Es fanden sich lediglich Verschleißerschei-
nungen am Bewegungsapparat, doch es gab keinerlei
Anzeichen für degenerative Erkrankungen.

Franzi nickte. Sie hatte ja gewusst, dass Marie nicht
dement gewesen war! Diese Erklärung für den Brand
war hiermit wenigstens ausgeschlossen.

Sie öffnete den Browser und fand schon kurze Zeit
später, was sie suchte. Sie las, dass Kohlenmonoxid das
Blut daran hinderte, Sauerstoff zu transportieren. Ihre
Befürchtung, dass Marie sehr gelitten hatte, bewahr-
heitete sich zum Glück nicht. Brandopfer wurden aufgrund der eingeatmeten Gase sehr schnell ohnmächtig
und bekamen daher nichts mehr von ihrer Umgebung
mit.

Franzi erinnerte sich, wie schwer ihr das Atmen gefallen war, als sie in Maries Haus gewesen war. Der
starke Schwindel, der sie befallen hatte, und die Tatsache, dass sie sich heftig hatte übergeben müssen, spra-
chen dafür, dass auch sie viel zu viel Kohlenmonoxid
eingeatmet hatte, obwohl sie ihre Jacke über Mund und
Nase gepresst hatte. Ihr wurde auf einmal bewusst,
dass sie großes Glück gehabt hatte, da lebend herausge-
kommen zu sein, und wie leichtsinnig sie gehandelt

hatte. Doch wem machte sie etwas vor? Sie würde jederzeit wieder so handeln! Laut dem, was sie gelesen hatte, hätte sie wohl sowieso keine Chance gehabt, Marie zu retten, es sei denn, sie wäre unmittelbar nach Ausbruch des Feuers vor Ort gewesen. Als sie angekommen war, hatte es jedoch bereits lichterloh gebrannt. Franzi fand heraus, dass man durch den Sauerstoffmangel nach kürzester Zeit irreversible Schäden am Gehirn davontrug.

Sie lehnte sich in ihrem Stuhl zurück und hoffte von ganzem Herzen, dass es schnell gegangen war! Marie musste das Feuer bemerkt haben, schließlich hatte sie nicht in ihrem Bett, sondern auf dem Boden im Wohnzimmer gelegen. Vermutlich hatte sie im Rauch die Orientierung verloren und war dann ohnmächtig geworden. Doch eine Sache war Franzi unklar: Warum war Marie nicht nach draußen gegangen, als sie das Feuer bemerkt hatte? Ihr Schlafzimmer lag auf der anderen Seite des Ganges und Franzi war sich sicher, dass Marie bereits im Bett gewesen war, als das Feuer ausgebrochen war. Ihre Freundin war immer sehr zeitig zu Bett gegangen und dementsprechend früh am Morgen wieder aufgestanden. Warum also war sie ins Wohnzimmer gegangen? Auf einmal wusste Franzi die Antwort: Herr Gustav! Maries Dackel hatte sein Körbchen im Wohnzimmer gehabt! Die alte Frau musste versucht haben, ihren Schatz zu retten und war dabei selbst umgekommen.

Franzi wischte sich mit dem Ärmel eine Träne weg. Ein kurzer Blick zu Helena zeigte ihr, dass diese so vertieft in ihre Arbeit war, dass sie gerade nichts um sich herum wahrnahm. Franzi stand schnell auf und räusperte sich.

„Willsch du au was aus der Kaffeeküche?"

Helena sah auf und lächelte dankbar.

„Ja, bitte. Ein Milchkaffee wäre fein."

„Kommt sofort!"

Kurze Zeit später kam Franzi mit zwei dampfenden Bechern zurück ins Büro.

„Du bist ein Schatz!", sagte Helena, als sie ihren Kaffee entgegennahm.

„I weiß", sagte Franzi grinsend. Sie nippte an ihrem Milchkaffee und verzog das Gesicht, als ihr die heiße Flüssigkeit die Zunge verbrühte.

„Leider ham wir heute keine Brezen dazu", sagte sie bedauernd.

„Wer sagt das denn?", fragte Helena und warf Franzi grinsend eine kleine Tüte über den Tisch zu.

„Echt jetzt? Du hasch uns Brezen mitgebracht?", fragte Franzi begeistert.

„Klar! Du hast uns doch gestern verwöhnt!" Helena zwinkerte ihr zu und biss genussvoll in ihr Laugengebäck.

„Du bisch die Beschte, Lena! Echt!", rief Franzi glücklich, bevor sie ihre Brezen in zwei Teile riss und einen davon sofort in ihrem Kaffee versenkte.

Helena verdrehte gespielt die Augen.

„Was denn?", fragte Franzi, „Des isch absolut perfekt so! Schau mal, vorhin hab i mir die Gosch g'scheit verbrannt und so passiert des garantiert net!"

Helena verschluckte sich vor Lachen und kramte in ihrer Schublade nach einem Taschentuch. Hektisch wischte sie damit über die besudelte Akte vor sich.

„Jetzt sieh dir mal diese Sauerei an!"

„Kann i doch nix dafür, wenn du dein zweites Frühstück in der Gegend verteilsch." Franzi klimperte unschuldig mit den Augen.

Das Telefon klingelte.

„Danner."

Sie wurde schlagartig ernst.

„Was? Wann?" Sie lauschte ins Telefon. „Wir kommen sofort!" Sie knallte den Hörer auf die Gabel.

Fragend sah Helena sie an.

„Des waren die Kollegen. Es hat einen schweren Au-
tounfall gegeben in der Allee nach Wellenburg rüber."

Verständnislos sah Helena ihre Kollegin an. „Und was
haben wir damit zu tun?"

„Der Martin saß in dem Auto. Martin Witting! Von
geschtern! Der Sohn von der Marie!"

Franzi war so aufgeregt, dass sie keinen geraden Satz
herausbrachte.

„Ganz ruhig, Franzi. Was ist denn überhaupt passiert?"

„Genau weiß i des no net, aber er hat wohl meinen Namen erwähnt, drum ham die Kollegen glei Bescheid gegeben!"

Franzi sprang auf und lief zur Garderobe. Helena
folgte ihr.

„Wenigstens lebt er noch, sonst hätte er wohl kaum
etwas sagen können!"

„Ja, des hab i mir grad au gedacht. Lass uns schnell
hinfahren und nach dem Rechten sehen, okay? Oder
soll i den Schorsch bitten, dass der mi fährt?"

Helena schüttelte den Kopf.

„Kommt gar nicht infrage! Natürlich fahre ich dich!"
Sie wedelte mit dem Autoschlüssel und öffnete die Tür.
„Lass uns gehen!"

Der Unfallort war schon von Weitem zu sehen. Blaulicht, wohin man nur sah. Neben den Kollegen, die die Straße abgesperrt hatten, waren ein Krankenwagen, ein Notarztauto und ein Feuerwehrzug vor Ort.

Franzi verließ eilig das Auto, das Helena kurzerhand mitten auf der Straße abgestellt hatte, und lief zu dem völlig zertrümmerten Fahrzeug, das sich um einen der mächtigen Alleebäume gewickelt hatte. Ein Blick ins Innere zeigte ihr, dass der Wagen leer war. Der ausgelöste Airbag baumelte schlaff vom Lenkrad. Die Beifahrerseite war komplett zerstört und die Feuerwehr hatte offensichtlich die Tür des Autos aufschneiden müssen, um den Fahrer zu bergen.

„Was isch hier geschehen?", fragte Franzi einen jungen Kollegen, der in der Nähe des Unfallwagens stand.

„Soweit wir wissen, muss das Auto bei voller Fahrt von der Straße abgekommen sein." Er deutete auf die Straße. „Keinerlei Bremsspuren."

„Und der Fahrer?"

„Wird gerade stabilisiert", sagte der Kollege und wies auf den Krankenwagen.

Franzi lief zum Krankenwagen und klopfte an die Tür.

„Ja, bitte?" Ein kräftiger Sanitäter streckte seinen Kopf zur Tür heraus.

„Kripo Augsburg, Danner mein Name. I würd gern zu Herrn Witting."

„Das wird net möglich sein. Herr Witting wurde gerade reanimiert und muss sofort in die Klinik."

Er zog die Tür von innen zu. Kurz darauf startete der Wagen und fuhr mit gellendem Martinshorn los.

Ratlos blickte Franzi dem davoneilenden Krankenwagen nach. Wenn Herr Witting ihren Namen gesagt hatte, wieso musste er hinterher reanimiert werden? Was war geschehen?

Sie spürte, wie jemand den Arm um sie legte.

„Komm, Franzi. Lass die Kollegen ihren Job machen", sagte Helena sanft. „Wir stehen hier nur im Weg herum."

Sie deutete auf die Feuerwehr, die gerade anfing, mit schwerem Gerät das Auto vom Baum zu lösen.

Franzi nickte und ließ zu, dass Helena sie zurück zum Wagen führte.

Schweigend fuhren sie zurück ins Präsidium. Franzi war es eiskalt. Was, wenn jetzt auch noch Martin stürbe? Sie konnte das große Unglück nicht fassen, das die Familie ihrer Freundin Marie in so kurzer Zeit ereilt hatte.

Eddie!, fiel Franzi plötzlich siedend heiß ein. *Nicht auszudenken, wenn er so kurz nach seiner Großmutter auch noch den Vater verlöre!*

„Lena, i würd gern ins Krankenhaus fahren, wenn des okay isch", sagte Franzi zu ihrer Kollegin.

„Aber sicher ist das okay", antwortete Helena, die gerade den Wagen auf dem Parkplatz des Präsidiums abstellte. „Am besten rufst du vorher im Krankenhaus an und fragst nach, ob du ihn sehen kannst. Nicht dass Herr Witting ewig im OP ist und du umsonst hinfährst!"

„I will so oder so hin", sagte Franzi, nachdem sie ausgestiegen war. „Des bin i der Marie schuldig!"

Helena nickte verständnisvoll.

„Soll ich dich gleich jetzt hinfahren?" Abwartend blieb sie stehen.

„Nein, danke. I nehm des Rad. Dann bin i unabhängig und du kannsch di weiter um die Akten kümmern."

„Wie du willst. Komm, dann lass uns hochgehen."

Eine halbe Stunde später stellte Franzi ihr quietschgrünes Fahrrad vor dem Augsburger Universitätsklinikum ab. Sie betrat den riesigen Betonbau mit gemischten Gefühlen. Wie die meisten Augsburger hatte Franzi schon des Öfteren Patienten in diesem Krankenhaus besucht. Manchmal waren es freudige Anlässe gewesen, wie als eine liebe Freundin ihr Baby bekommen hatte. Meist aber waren die Anlässe durchaus weniger freudig gewesen. Allein der typische Geruch nach Desinfektions- und Putzmitteln, der auf sie einströmte, als sie die Drehtür verließ und in die große Eingangshalle trat, jagte ihr einen Schauer über den Rücken. Zu gut erinnerte sie sich noch an die vielen Besuche bei ihrer geliebten Oma, die in diesem Krankenhaus nach langem Kampf einem Krebsleiden erlegen war.

Als sich Franzi an der Anmeldung auswies und sich nach Herrn Witting erkundigte, erfuhr sie, dass er gerade in den OP gefahren worden sei. Sie fragte, wo sie am besten warten könne, und wurde von der adretten Dame, die ein schickes cremefarbenes Kostüm trug, auf das Café im ersten Stock verwiesen. Franzi bedankte sich und fuhr mit der Rolltreppe nach oben. Vom Café aus konnte sie die Anmeldung und den Eingangsbereich des Krankenhauses überblicken. Die nette Dame hatte ihr versprochen, ihr ein Zeichen zu geben, wenn es Neuigkeiten gab. Franzi winkte kurz zu ihr nach unten und lächelte, als ihr Gruß erwidert wurde. Dann setzte sich direkt an die gläserne Balustrade, von wo aus sie einen perfekten Blick nach unten hatte.

„Möchten Sie wirklich nichts essen?"

Franzi schreckte auf. Sie musste kurz eingenickt sein. Ein Blick auf die Uhr zeigte ihr, dass sie seit nunmehr über fünf Stunden hier saß. Sie rieb sich den Schlaf aus den Augen.

„Ham Sie vielleicht eine Suppe?", fragte sie und gähnte.

„Wir hätten heute Kartoffelsuppe im Angebot", sagte die junge, brünette Kellnerin eifrig und deutete mit der Hand auf den Aushang, der außen am Café angebracht war:

Schwäbische Kartoffelsuppe, hausgemacht und mit Liebe zubereitet!

„Dann nehme ich gern einen Teller davon", sagte Franzi lächelnd. Sie liebte Kartoffelsuppe! Ihr Magen machte sich mit einem lauten Knurren bemerkbar und erinnerte sie daran, dass sie seit der Breze heute Vormittag nichts gegessen hatte. Beim Gedanken an eine deftige, sämige Suppe lief ihr das Wasser im Mund zusammen. „Und bringen Sie mir bitte noch eine Cola", fügte Franzi nach einem Blick auf ihr leeres Glas hinzu.

„Gern."

Die junge Frau nahm ihr leeres Glas mit und entfernte sich. Franzi sah kurz hinunter zur Anmeldung. Sie wartete, bis sich ihr Blick mit dem der Rezeptionistin traf. Diese schüttelte bedauernd den Kopf. Seufzend lehnte Franzi sich zurück und beobachtete die Menschen, die geschäftig an dem Café vorbeiwuselten. Eine Gruppe junger Erwachsener, allesamt in langen, weißen Kitteln, näherte sich. Franzi vermutete aufgrund ihres jungen Alters, dass es sich bei ihnen um Medizinstudenten handeln musste. Sich angeregt unterhaltend liefen sie den Gang entlang. Franzis Blick traf sich mit dem einer jungen Frau, die ihr langes, blondes Haar zu einem Pferdeschwanz gebunden trug und die sie über den Rand ihrer goldenen Brille hinweg freundlich anlächelte. Franzi erwiderte überrascht das nette Lächeln und folgte der Gruppe mit ihren Blicken, bis sie hinter einer Tür mit der Aufschrift *Hörsaal* verschwunden war. Seit wenigen Jahren war das Augsburger Klinikum eine Uni-Klinik und bildete in dieser Eigenschaft zukünftige Ärztinnen und Ärzte aus. Wenn Franzi an die Zeit ihrer eigenen Ausbildung zur Kriminalkommissarin zurückdachte, erinnerte sie sich leider nur allzu gut an etliche durchwachte Nächte, die mit Büffeln angefüllt waren. Sie konnte sich lebhaft vorstellen, dass das für die angehenden Mediziner sicher nicht anders war.

Aus dem Augenwinkel nahm Franzi eine Bewegung wahr. Sie sah, dass die Dame von der Rezeption ihr zuwinkte. Gerade wollte sie sich erheben, als die Dame die Hand hochhielt und auf den Mann vor sich deutete. Als er sich umdrehte, um zur Rolltreppe zu gehen, erkannte Franzi, wer da auf sie zukam. Es war Eddie! Schon erreichte er das erste Stockwerk und kam schnellen Schrittes zum Café. Franzi stand auf und umarmte ihn zur Begrüßung.

„Griaß di, Eddie. Lang isch es her!"

Sie hielt Eddie auf eine Armlänge Abstand und musterte ihn. Ihr alter Bekannter hatte sich sehr verändert und nicht gerade zu seinem Vorteil, wie Franzi feststellen musste. War Eddie früher rank und schlank gewesen, hing jetzt ein beachtliches Bäuchchen über den Gürtel seiner Jeans. Sein T-Shirt spannte ziemlich um die Leibesmitte herum und hätte gut und gern noch ein, zwei Nummern größer sein können. Das einst volle Haupthaar war schütter geworden. Am Hinterkopf hatte er eine größere kahle Stelle.

Ihr Gegenüber unterbrach grinsend ihre Überlegungen. „Grüß dich, Franzi. Brauchst mich gar net so zu mustern! Ich weiß schon, dass ich alt geworden bin." Verschmitzt zwinkerte er ihr zu.

Franzi spürte, wie ihr die Röte in die Wangen stieg.

„Ach wo!" Sie winkte verlegen ab. „I hab di nur so lang schon nimmer g'sehn und da muss i dich halt mal genauer ansehn!" Sie deutete auf den freien Platz ihr gegenüber und setzte sich. Eddie ließ sich mit einem tiefen Seufzer nieder.

„Hasch a lange Fahrt gehabt?", fragte Franzi besorgt.

Eddie zuckte mit den Schultern. „Nee, net wirklich, aber ich hatte Nachtschicht und wollt mich noch ein wenig ausruhen, bevor ich nach Augsburg fahre. Der Anruf von deinen Kollegen hat mich aus dem Schlaf gerissen."

„Mein herzliches Beileid zum Tod deiner Oma", sagte Franzi aufrichtig.

„Danke schön. Ich kann es gar nicht glauben, dass sie nicht mehr lebt ..."

Eddie sah betrübt zu Boden.

„Sag mal, was hasch denn da gemacht?", fragte Franzi und deutete auf Eddies Hand, die einen Verband trug.

„Ach nix Großes", winkte er ab. „Zu blöd zum Fahrradfahren."

„So, die Suppe und Ihre Cola." Die Kellnerin hatte sich von Franzi unbemerkt dem Tisch genähert und stellte ein Tablett mit den gewünschten Sachen ab.

„Das sieht aber lecker aus", bemerkte Eddie. „Ich hätte gern dasselbe."

Die Kellnerin nickte und entfernte sich wieder.

„Bitte, fang doch an", sagte Eddie zu Franzi. „Nicht dass die Suppe meinetwegen noch kalt wird."

Franzi tauchte den Löffel in die Suppe und führte ihn zum Mund. Vorsichtig kostete sie und verbrannte sich prompt die Zunge.

„Die isch aber sauheiß!" Eilig schnappte sie sich ihr Glas und kühlte mit einem großen Schluck eiskalter Cola ihre malträtierte Zunge.

Eddie lachte. „Besser zu heiß als zu kalt."

„Macht nix", sagte Franzi schmunzelnd. „Dann wart i halt, bis deine da isch. Allein essen isch au nix."

Eddie stimmte ihr grinsend zu.

Kurze Zeit später kam auch seine Bestellung und sie aßen schweigend ihre Mahlzeit. Die warme Suppe weckte Franzis Lebensgeister und genießerisch löffelte sie den Teller komplett aus.

Nachdem auch Eddie seine Mahlzeit beendet hatte, lehnten sie sich satt zurück.

„Wie es Vater wohl geht?", fragte Eddie nachdenklich.

Franzi schluckte. Sie hoffte von ganzem Herzen, dass Martin den schweren Unfall überstehen würde. Aber nachdem sie das Wrack gesehen hatte, konnte sie sich fast nicht vorstellen, wie man da lebend rauskommen konnte.

„Des wird scho wieder! Schau, dein Vater isch doch zäh. Der packt des scho!"

Eddie nickte. „Wollen wir es hoffen!" Er sah auf. „Weiß man eigentlich schon, was genau passiert ist?"

Franzi schüttelte den Kopf. „Leider net." Sie schilderte ihre Beobachtungen vom Unfallort. Den genauen Zustand des Wagens verschwieg sie, um Eddie nicht noch mehr zu verschrecken.

„Keine Bremsspuren?", fragte Eddie nachdenklich. „Wahrscheinlich war Vater durch Omas Tod so von der Rolle, dass er einfach nicht aufgepasst hat." Er seufzte.

„Daran hab i au schon gedacht", erwiderte Franzi. „Des wär ja au kei Wunder net, bei dem, was dein Vater in den letzten Tagen durchgemacht hat."

Eddie nickte betrübt.

In dem Moment sah Franzi, dass die nette Dame vom Empfang ihr erneut zuwinkte. Sie deutete an, dass sie sofort zu ihr kommen würde.

„I glaub, es gibt Neuigkeiten von deinem Vater", sagte sie zu Eddie. „Lass uns schnell zahlen." Sie winkte mit einer Hand die Kellnerin heran und bat sie, die Rechnung fertig zu machen.

„Zwei Cola und eine Suppe ... Das macht dann zehn Euro fünfzig."

Franzi nickte und gab ihr zwanzig Euro. „Stimmt so!" Erstaunt blickte die Kellnerin auf.

„Des isch dafür, dass ich hier so lange sitzen durfte", sagte Franzi lächelnd.

„Das ist aber lieb. Vielen Dank auch", erwiderte die junge Frau strahlend. Sie wandte sich an Eddie. „Bei Ihnen waren es eine Cola und die Suppe. Das macht genau sieben Euro."

Er nickte und griff hinten an seine Hosentasche. Erstaunt hob er den Kopf. „Wo hab ich denn meine Brieftasche?" Hektisch fing er an, in sämtlichen Taschen zu wühlen.

„Scho gut", sagte Franzi zu ihm. „Ich übernehm des." Sie reichte der Kellnerin einen Zehneuroschein. „Basst so."

„Vielen Dank noch mal und einen schönen Tag noch." Franzi und Eddie erhoben sich gleichzeitig.

„Das ist mir jetzt aber peinlich", sagte Eddie.

„Ach was", Franzi winkte ab, „isch doch kein Problem net! Komm, lass uns runtergehen und hoffen, dass es gute Neuigkeiten gibt."

Gemeinsam fuhren sie die Rolltreppe nach unten. Franzi bemerkte, dass Eddie einen leichten Schweißfilm auf der Stirn hatte. Sicherlich machte er sich die größten Sorgen um seinen Vater.

Am Empfang angekommen, mussten sie kurz warten, da sich ein älterer Herr nach einer Zimmernummer erkundigte. Offenbar war er schwerhörig, da er selbst nach mehrfachem Nachfragen die Antwort der Empfangsdame nicht verstand. Kurzerhand schrieb sie die Nummer auf einen Zettel und reichte ihn dem Mann. Nachdem er sich überschwänglich bedankt hatte, verließ er endlich seinen Platz und verschwand in Richtung Aufzug.

„Gibt es Neuigkeiten?", fragten Franzi und Eddie wie aus einem Munde.

Die Dame lächelte. „Herr Witting wurde soeben in den Aufwachraum verlegt. Er hat die OP wohl einigermaßen gut überstanden." Erleichtert atmete Franzi aus.

„Sie mögen bitte auf Station 4A kommen und an der Tür klingeln. Sie werden dort erwartet und in Kürze wird ein Arzt mit Ihnen reden."

Nachdem sich Franzi und Eddie überschwänglich bei der Dame bedankt hatten, gingen sie gemeinsam zum Aufzug.

Franzi zögerte und verlangsamte ihre Schritte.

„Was ist?" Eddie blieb stehen und sah sie fragend an.

„I hab nur gerade gedacht, dass i eigentlich kein Recht hab, da mitzugehen", erklärte Franzi. „I bin ja kein Familienmitglied und besonders gut kenn i deinen Vater au net."

„Papperlapapp!" Eddie sah sie entrüstet ab. „Du wartest hier seit Stunden auf Neuigkeiten und stehst mir zur Seite. Natürlich hast du ein Recht mitzukommen. Ich bestehe darauf!"

„Wenn du meinsch ...", erwiderte sie zögernd.

„Ich meine nicht nur, ich will das so."

Franzi nickte und folgte Eddie zum Aufzug. Nach kurzer Fahrt betraten sie den langen Gang von Station 4. Linker Hand war ein Schild angebracht: *Station 4A, Chirurgie*, prangte darauf in großen Lettern. Die gläserne Tür war geschlossen. Eddie betätigte die Klingel.

„Ja?", ertönte eine schnarrende Stimme aus der Sprechanlage.

„Witting mein Name", sagte Eddie, zum Lautsprecher hinuntergebeugt. „Wir werden erwartet."

Der Türöffner summte, woraufhin Franzi rasch die Tür aufdrückte. Hinter der Tür ging der lange Gang weiter, rechts und links Türen gingen ab, an denen Schilder und Nummern angebracht waren. Aus einem

Raum kam ihnen ein Pfleger im weißen Krankenhaus-Outfit entgegen.

„Herr und Frau Witting?"

Franzi wollte ihn berichtigen, doch zu ihrer Überraschung hielt Eddie sie mit einer Handbewegung zurück und nickte. Er blinzelte sie an. Franzi verstand. Man würde sie sicher nicht hereinlassen, wenn sie nicht zur Familie gehörte. Selbst Polizeibeamte wurden normalerweise erst vorgelassen, wenn ein Patient ausreichend stabilisiert war.

„Bitte kommen Sie", sagte der Pfleger und drehte sich um. Er ging ihnen voraus und führte sie zum vorletzten Zimmer auf der rechten Seite. Auf dem Schild vor der Tür konnte Franzi den Namen von Eddies Vater lesen.

Der Pfleger öffnete die Tür und ließ sie eintreten.

„Der Arzt kommt gleich."

Eddie nickte ihm zu und schritt langsam auf das einzelne Bett zu, das direkt neben dem Fenster stand. Franzi schluckte und folgte ihm. Die vielen Schläuche und das Piepsen machten ihr Angst. Nichts erinnerte mehr an ihren Besucher von gestern. Martin Witting lag mit geschlossenen Augen und blutleeren Lippen in dem Bett. Seine Hände lagen links und rechts neben ihm auf der Bettdecke. Im rechten Handrücken hatte er einen Zugang, von dem aus ein langer Schlauch zu dem Tropf lief, der neben dem Bett an einem Gestell hing und der in regelmäßigen Abständen eine Flüssigkeit abgab. Unter seiner Nase war ein Sauerstoffschlauch und an der Brust Elektroden angebracht, die mit einem Gerät verbunden waren, das Puls und Herzschlag des Patienten anzeigte. Um den linken Oberarm hatte er eine Manschette, die sich alle paar Minuten aufpumpte, um den Blutdruck zu messen. Beide Beine des Patienten lagerten in Schaumstofferhöhungen und waren dick mit Verbänden umwickelt. Seltsame Drähte ragten zwischen den Bandagen hervor.

Franzi blieb ein paar Schritte vom Bett entfernt stehen, um Eddie Freiraum zu lassen. Betrübt sah sie dabei zu, wie er behutsam die schlaffe Hand seines Vaters nahm und vorsichtig streichelte.

„Was machst du denn für Sachen?", flüsterte er leise.

In dem Moment öffnete sich die Tür und ein Arzt kam herein. Der hochgewachsene Mann musterte sie über den Rand seiner Brille hinweg.

„Familie Witting?"

Eddie nickte. „Wie geht es meinem Vater?"

Der Mediziner sah sie ernst an. „Die OP war sehr aufwendig, Ihrem Vater geht es aber den Umständen entsprechend gut. Nach dem Unfall hat Ihr Vater einen Herzstillstand erlitten, doch die Reanimation ist noch vor Ort gelungen. Er erlitt mehrere Frakturen an den Beinen, die gerichtet werden mussten und auch einige Rippen sind gebrochen. Eine Rippe hat leider die Lunge punktiert." Der Arzt blickte zu dem reglosen Mann im Krankenbett, bevor er wieder Franzi und Eddie taxierte. „Ihr Vater hat großes Glück im Unglück gehabt", sagte er. „Wenn sich die Rippe noch ein winziges Stückchen weiter verschoben hätte, hätte sie das Herz erreicht und dann hätten wir nichts mehr für ihn tun können."

Franzi sah, dass Eddies Hände zitterten. Als er ihren Blick bemerkte, steckte er die Hände schnell in seine Hosentaschen.

„Wird Vater wieder gesund?", fragte er mit belegter Stimme.

Der Arzt wiegte den Kopf hin und her. „Schwer zu sagen. Für den Moment ist er außer Lebensgefahr. Das ist jetzt das Wichtigste. Wie der weitere Verlauf sein wird, hängt sehr von der Konstitution Ihres Vaters ab. Die Rekonvaleszenz wird jedenfalls langwierig sein, das kann ich jetzt schon sagen. Ihr Vater wird einige Wochen im Krankenhaus bleiben müssen und anschließend zur Reha gehen."

Eddie ließ betrübt den Kopf hängen.

„Haben Sie noch Fragen?"

Sowohl Eddie als auch Franzi verneinten und bedankten sich bei ihm, woraufhin sich der Arzt von ihnen verabschiedete und das Zimmer verließ.

Eddie näherte sich erneut dem Krankenbett und starrte seinen Vater an. Seine fahle Gesichtsfarbe machte Franzi Sorgen. Kein Wunder bei dem, was der Arme in den letzten Tagen durchgemacht hatte!

„Komm, wir gehen", sagte sie sanft und fasste nach Eddies Arm. „Momentan können wir sowieso nichts für ihn tun, und du musst dich dringend ausruhen."

Nachdem sie das Krankenhaus verlassen hatten, standen Franzi und Eddie vor dem Eingang vor Franzis Fahrrad.

„Hasch du eine Unterkunft? Sonscht kannsch du natürlich bei mir schlafen."

„Danke, das ist lieb, aber ich werde bei 'nem Freund übernachten. Beim Bene. Den kennst du doch noch? Der war auch in meiner Mannschaft."

Franzi nickte. „Freilich, der war doch mit mir in der Grundschule."

Sie setzte ihren Helm auf und zurrte ihn fest.

„Bisch du sicher, dass du Autofahren kannsch?"

Besorgt musterte sie Eddie, stellte jedoch erleichtert fest, dass er schon wieder etwas Farbe im Gesicht hatte.

„Aber sicher doch." Er winkte ab. „Ich dank dir schön für deine Unterstützung."

Jetzt war es an Franzi, abzuwinken. „Ach was, des isch doch selbschtverständlich!"

„Ich komm morgen mal aufs Präsidium, okay?"

Franzi nickte. „Sag unten einfach, du hasch 'nen Termin bei Frau Danner, dann basst des scho."

„Alles klar, mach ich. Pfiat di, Franzi!"

„Pfiat di!"

Franzi sah Eddie nach, wie er in Richtung Parkplatz davonging. Dann warf sie einen Blick auf die Uhr und erschrak. Bereits halb acht! Die armen Hunde! Sie schwang sich aufs Fahrrad und radelte los.

Zwanzig Minuten später kam Franzi verschwitzt zu Hause an. Ihre Befürchtungen zerschlugen sich, als ihr die beiden Hunde fröhlich schwanzwedelnd entgegenliefen, sobald sie die Gartentür geöffnet hatte.

„Mei, ihr Armen!" Franzi verteilte ausgiebig Streicheleinheiten. „Habt's ihr so lang auf mich warten müssen?! Jetzt gibt's erscht mal g'scheit Fressi!"

Als sie den beiden Hunden beim Fressen zusah, fiel Franzi siedend heiß ein, dass sie vergessen hatte, Eddie von Herrn Gustav zu erzählen. Da sein Vater den Kleinen ja nicht wollte, würde der Hund nun zu Eddie ziehen. Sie hoffte, dass Herr Gustav dort ein gutes Zuhause finden würde. Immerhin hätte Eddie dann immer etwas, was ihn an seine Oma erinnerte! Liebevoll betrachtete sie den kleinen Racker. Seine Behinderung glich er äußerst geschickt aus, sodass man ihm auf den ersten Blick nicht gleich anmerkte, dass ihm ein Bein fehlte. Sie würde den Schlingel wirklich vermissen! Franzi seufzte. Aber natürlich war ihr klar, dass sie ihn nicht behalten konnte. Eddie würde sich über den Familienzuwachs sicher sehr freuen.

Nach dem Essen ging Franzi mit den Hunden noch eine große Runde spazieren. Als sie an der Wertach ankamen, ließ sie Herrn Gustav trotz dessen Protest an der Leine. Zu arg saß ihr der Schreck noch in den Knochen, als der kleine Racker davongeschwemmt worden war. Zum Glück war alles noch mal gut gegangen! Sie hätte nicht damit leben können, wenn Herrn Gustav aufgrund ihrer Unachtsamkeit etwas passiert wäre! Sie erinnerte sich an Moritz, dem das Wasser über den Oberkörper lief. Wie er sich die langen Haare nach hinten strich und ihr den völlig erschöpften Herrn Gustav behutsam in die Arme legte ... Sie schüttelte den Kopf, um den Gedanken zu verdrängen. Doch so ganz gelingen, wollte ihr das nicht.

Auf dem Rückweg überlegte Franzi kurz, ob sie den Weg durch den Krautgarten wählen sollte. Doch sie verwarf den Gedanken gleich darauf wieder. Nicht dass ein gewisser Jemand auf die Idee kam, dass sie ihm absichtlich über den Weg laufen wollte. Als sie in der Nähe von Maries Haus waren, merkte Franzi, dass Herr Gustav immer unruhiger wurde und fest an seiner Leine zog. Offenbar wollte der Kleine zu seinem ehemaligen Zuhause zurück. Franzi zerbrach es schier das Herz, als sie daran dachte, dass er niemals wieder dorthin zurückkehren würde. Sie schlug einen anderen

Weg ein, doch Herr Gustav stellte sich quer und weigerte sich, auch nur einen Schritt weiterzugehen. Franzi versuchte es mit gut zureden und lockte ihn mit Leckerlis, die sie immer in ihrer Tasche dabeihatte, doch es war nichts zu machen. Sie beschloss schweren Herzens, dem Hund nachzugeben, um ihm klarzumachen, dass dort nichts und niemand mehr auf ihn wartete.

Als sie auf Maries Grundstück zuliefen, beschleunigte Herr Gustav seine Schritte. Am Bauzaun angekommen, bellte er laut und bemühte sich, an dem Hindernis vorbeizukommen, was ihm natürlich nicht gelang. Franzi beugte sich hinunter und nahm den aufgeregten Dackel auf den Arm.

„Schau mal, Herr Guschtav", flüsterte sie ihm zu. „Dein Zuhause gibt es leider nicht mehr. Die Marie wacht jetzt von oben über dich." Sie küsste ihn auf den Scheitel. „Aber du wirsch es richtig gut haben beim Eddie! Wirsch schon sehen!"

Ein lautes Quietschen unterbrach das Gespräch. Franzi sah sich aufmerksam um und bemerkte, dass am Nachbargrundstück die Scheunentür offen stand. Sie sah Herrn Klein, der gerade in den Schuppen ging. Als er das Tor schließen wollte, bemerkte er Franzi am Zaun. Sein Gesicht verfinsterte sich und er schloss schnell das Tor, bevor sie etwas sagen konnte.

„Was war das denn jetzt?", murmelte sie verständnislos vor sich hin.

„Ja, der Herr Gustav!"

Franzi drehte sich um und stand der Frau gegenüber, mit der sie neulich schon über Marie gesprochen hatte. Auch heute trug sie ihre blau gestreifte Kittelschürze.

Ihr weißes Haar hatte sie auch wieder zu einem Dutt gebunden.

„Wie geht es denn dem kleinen Racker?"

Sie streckte die Hand aus und kraulte den Dackel hinter den Ohren, was der sich hoheitsvoll gefallen ließ.

„Ihm geht's wieder ganz gut", antwortete Franzi lächelnd. „Er hat sich einigermaßen gut erholt."

„Das freut mich aber", sagte die Frau und Franzi merkte, dass sie es ehrlich meinte.

„I bin die Franzi Danner." Sie streckte die Hand aus, was gar nicht so einfach war, weil sie den Hund immer noch auf dem Arm hielt, und die zierliche Frau ergriff sie. Franzi war überrascht, wie kräftig ihr Griff war.

„Renate Scheuer. Wirklich schlimm, was hier passiert ist", fuhr sie fort, auf Maries Grundstück deutend. „Und umso schlimmer, dass die sich da gleich wie die Hyänen aufführen, obwohl doch die Marie noch net mal unter der Erde ist!"

Frau Scheuer warf einen finsteren Blick zum Nachbargrundstück.

Erstaunt sah Franzi sie an. „Hyänen? Wie meinen'S jetzt des?"

„Na, die Kleins fragen überall rum, wem das Grundstück jetzt gehört, weil sie es doch kaufen wollen."

Franzi riss erstaunt die Augen auf. „Echt jetzt?"

„Wenn ich's Ihnen doch sag!" Aufgeregt wedelte Frau Scheuer mit ihrem Finger vor Franzis Gesicht herum. „Die schämen sich doch gar nix!"

„Aber was wollen die denn mit dem Grundstück?", fragte Franzi erstaunt.

„Keine Ahnung“, erwiderte Frau Scheuer achselzuckend. „Aber ich hab schon von mehreren Nachbarn gehört, dass sie danach gefragt haben.“

Sie streichelte noch einmal ausgiebig Herrn Gustav, bevor sie sich bückte und ihre schwere Einkaufstasche wieder hochnahm, die sie vorher abgestellt hatte.

„So, jetzt muss ich aber wieder los. Sonst schmilzt mir noch das Eis.“ Sie zwinkerte Franzi zu. „Wissen’S, mein Mann schleckt doch so gern sein Schokoladeneis zum Kaffee. Auf Wiedersehen!“

„Auf Wiederschaun, Frau Scheuer.“

Franzi sah der älteren Dame nach, bis sie ein paar Häuser weiter die Gartentür aufsperrte. Frau Scheuer winkte ihr noch einmal zu, bevor sie im Inneren des kleinen Häuschens verschwand.

„Jetzt sagen’S bloß, des hässliche Viech hat den Brand neulich überlebt!“

Franzi fuhr herum und sah sich ausgerechnet Frau Klein gegenüber, die gerade dabei war, einen Müllbeutel in die Tonne zu werfen.

Franzi schnappte nach Luft und legte schützend ihre Arme um Herrn Gustav. Eine deftige Erwiderung lag ihr bereits auf der Zunge, als sie sich besann.

„Was isch nur mit Ihnen passiert, dass Sie dermaßen gehässig sind?“, fragte sie leise.

Frau Klein riss die Augen auf und starrte sie überrascht an.

„Wissen’S was, Frau Klein?“ Franzi fixierte die Frau mit ihren Blicken. „Sie tun mir echt leid.“

Sie drehte sich auf der Stelle um und ignorierte das empörte Schnaufen in ihrem Rücken. Dann drehte sie sich noch mal um und sagte mit fester Stimme: „Aber eins sag i Ihnen! Den Grund und Boden von der Marie bekommen *Sie* nie! Nur über meine Leiche!"

Das erstaunte Gesicht ihres Gegenübers ignorierend, machte sich Franzi zufrieden mit den Hunden auf den Heimweg.

5.

„Guten Morgen. Na, gibt es schon etwas Neues hinsichtlich deiner Recherchen?"

Helena hatte gerade das gemeinsame Büro betreten und Franzi bereits an ihrem Schreibtisch in die Arbeit vertieft vorgefunden.

Franzi schüttelte den Kopf. „Morgen, Lena. Net wirklich. Der abschließende Feuerwehrbericht isch no net eingegangen." Sie legte die Stirn in Falten. „Dabei bin i mir sicher, dass da was faul war mit dem Brand." Sie zuckte entnervt mit den Schultern.

Helena hängte ihre Jacke an den Garderobenständer und nahm Franzi gegenüber Platz.

„Ich weiß ja, warum du glaubst, dass Marie nicht vergessen hat, die Ofentür zu schließen. Aber was, wenn es wirklich nur ein Versehen war? Vielleicht hat sie gedacht, die Tür sei zu ..."

„Ganz auszuschließen isch des natürlich net." Nach einigem Zögern fügte sie hinzu: „Aber i glaub's trotzdem net! Net bei der Marie!"

„Vielleicht kommt ja im Feuerwehrbericht doch noch heraus, dass sich die Sache anders zugespielt hat, als ursprünglich angenommen", sagte Helena. „Wer hätte denn eigentlich was von Maries Tod? Hast du den Ansatz schon verfolgt?"

Franzi nickte und strich sich eine widerspenstige, rotbraune Locke hinter das Ohr. „Klar, kennsch mi doch. Allerdings isch die Lischte net grad lang. Marie war so ein herzensguter Mensch! Wen soll sie schon als Feind gehabt haben?“

„Na, dann schieß mal los mit deiner Liste.“ Helena lächelte ihr aufmunternd zu.

„Also, zunächscht a mal isch da natürlich ihr Erbe.“

Helena nickte. „Das sind ja zunächst mal die Hauptverdächtigen bei den meisten Verbrechen.“

„Genau“, erwiderte Franzi eifrig. „Aber in Maries Fall wird des sicher der Martin sein, der erbt. Immerhin isch er ihr einziger Sohn. Und i kann mir beim beschten Willen bei ihm kein Motiv vorstellen.“

„Stimmt“, sagte Helena nachdenklich, „Außerdem wirkte er äußerst erschüttert über den Tod seiner Mutter. Also ist er entweder ein begnadeter Schauspieler oder er betrauert ihren Tod aufrichtig.“

„So seh i des au. I hab trotzdem seine Finanzen überprüfen lassen. Aber da isch alles im grünen Bereich. Keine Schulden oder so etwas in der Art. I hab übrigens heut glei in der Früh im Krankenhaus angerufen. Er hat die Nacht zum Glück gut überstanden.“

„Das freut mich aber“, sagte Helena lächelnd.

„Ja, und mi erscht!“ Franzi seufzte. „Net auszudenken, wenn der Eddie au no den Vater verliert, so kurz nach seiner Oma!“

Helena nickte. „Das wäre wirklich schlimm! Wer ist der Nächste auf deiner Liste?“

„Na ja, da wären Maries Nachbarn, die Kleins. I hab geschtern erfahren, dass die sich die Finger nach Maries Grundstück lecken. Dabei isch sie no net mal unter der Erde!“

„Nun ja, Interesse an einem Grundstück bedeutet sicher noch nicht, dass man dafür morden würde", sagte Helena ernst.

„Leute haben scho für viel weniger gemordet als für so was", erwiderte Franzi trotzig.

„Ja, schon, aber primär sind das doch diejenigen, die das Grundstück umsonst bekommen, quasi durch eine Erbschaft."

Franzi seufzte. „Womit wir wieder bei Martin wären …" Sie schüttelte den Kopf, als wollte sie die negativen Gedanken vertreiben, die in ihrem Gehirn herumspukten. „Aber mal was anderes, Lena, wie läuft's eigentlich mit deinen Fällen. Kommsch du gut voran?"

„Natürlich", antwortete Helena und zwinkerte ihr zu. „Mach dir da mal keinen Kopf, Franzi. Du konzentrierst dich jetzt mal ganz auf die Sache mit Marie."

„Du bisch die Beschte! Hab i dir des eigentlich scho mal gesagt?" Franzi strahlte.

„Heute noch nicht", stellte Helena schmunzelnd fest. „Aber lass uns mal loslegen. Ein bisschen was hab ich schon noch zu erledigen", sagte sie, während sie ihren Computer hochfuhr und den Monitor einschaltete.

Franzi stöhnte, sah aber ein, dass Helena recht hatte. Gleich darauf war sie wieder in ihre Arbeit vertieft.

Zwei Stunden später schwirrte ihr der Kopf von den zahlreichen Informationen, die sich bei ihrer Recherche ergeben hatten. Es gab unzählige Möglichkeiten, Feuer zu legen. Brandbeschleuniger schien es in jeder Form zu geben, als Flüssigkeiten, Gels, Pulver … Laut Internet war es gar nicht so leicht, solche Brandbeschleuniger am Ort des Geschehens zu entdecken. Immerhin wurden trotzdem jedes Jahr deutschlandweit um die zwanzigtausend Fälle von Brandstiftung aufgedeckt. Die Dunkelziffer der unentdeckten Fälle lag natürlich wesentlich höher.

Kurz entschlossen griff Franzi zum Telefon und ließ sich erneut mit der Feuerwache verbinden.

„Sie schon wieder …", begrüßte sie Branddirektor Husmann mit leicht genervter Stimme, nachdem Franzi zu ihm durchgestellt worden war. „Was verschafft mir die erneute Ehre Ihres Anrufs?"

„Ja, i scho wieder!", antwortete Franzi patzig. Was bildete sich der Fatzke eigentlich ein?

„Was gibt es denn noch, Frau Danner?" Seine Stimme nahm einen deutlich schärferen Unterton an.

„Zunächscht einmal wollt i fragen, wann denn mit dem Abschlussbericht wegen dem Feuer neulich zu rechnen isch?"

„Ich hab Ihnen doch gesagt, dass der Bericht voraussichtlich am Freitag fertig sein wird. Heute haben wir Donnerstag …"

„I weiß au, was für ein Tag heut isch, aber man wird ja wohl mal nachfragen dürfen!"

„Ist ja schon gut, Frau Danner. Wenn das dann alles wäre …"

„Nein! Des war net alles! Sie ham des letztschte Mal von Brandbeschleunigern gesprochen …"

„Brandverstärkern … Und ich habe Ihnen ebenfalls mitgeteilt, dass die Kollegen Proben entnommen haben, deren Auswertung dann im Bericht vermerkt sein wird." Sein Ton war noch einen deutlichen Tick gereizter geworden. „Und wenn Sie noch so oft anrufen, Frau Danner, gehen die Auswertungen auch nicht schneller!"

„Isch ja scho gut! Regen'S sich doch net so auf. Soll übrigens gar net gut für die Gesundheit sein!"

Als das Besetztzeichen ertönte, erkannte Franzi, dass ihr Gesprächspartner das Gespräch vorzeitig beendet hatte.

„So a unhöflicher Mensch aber au!", schimpfte sie leise vor sich hin. Als sie Helenas fragenden Blick bemerkte, winkte sie nur ab. Sie wollte sich nicht weiter mit dem grantigen Branddirektor mit dem dünnen Nervenkostüm auseinandersetzen.

Wenige Minuten später wurde die Bürotür aufgerissen und Kriminalhauptkommissar Meier, ihr Vorgesetzter, stürmte in das Büro. Seiner angespannten Miene zufolge handelte es sich hierbei nicht um einen Höflichkeitsbesuch.

„Ja, sagen Sie einmal, sind Sie denn von allen guten Geistern verlassen, so mit Branddirektor Husmann zu sprechen, Frau Danner!", fuhr er Franzi sogleich an.

„Hat der sich etwa über mich beschwert?", fragte Franzi gelassen und lehnte sich in ihrem Bürostuhl mit überkreuzten Armen zurück. Ihr entging nicht, dass Helena aufgrund des scharfen Tonfalls ihres Chefs zusammengezuckt war und die Situation mit sorgenumwölkter Miene beobachtete.

„Ob der sich beschwert hat?" Herr Meier schnappte nach Luft. „Und *wie* der sich beschwert hat! Er sagte, dass ihm so eine unhöfliche Person noch nie begegnet sei!"

„Unhöflich?" Franzi zog eine Augenbraue hoch. „*Ich* soll unhöflich g'wesen sein?" Sie schüttelte den Kopf und sah ihren Chef mit großen Augen an. „Dabei hab i ihm sogar no Gesundheitstipps gegeben!"

Herr Meier starrte sie wütend an. „Ich habe Ihnen erlaubt, die Sache mit dem Brand zu untersuchen, obwohl ich Sie darauf hingewiesen habe, dass ich das aufgrund Ihrer persönlichen Beziehung zu dem Opfer für keine gute Idee hielt!"

Franzi wollte ihn unterbrechen, doch er hielt die Hand hoch.

„Nein, Frau Danner, jetzt rede ich. Ich glaube, Ihnen wächst die Sache über den Kopf! Sie verprellen unsere Kollegen von der Feuerwehr und ermitteln in einem Fall, der sich danach höchstwahrscheinlich als Unfall darstellen wird. Ich werde Ihnen den Fall entziehen ..."

„Herr Meier", unterbrach Helena ihren Chef. Erstaunt sah Franzi ihre Kollegin an.

„Was gibt es denn, Frau Hansen?", fragte er sie unwirsch.

Franzi sah, wie sich Helenas Wangen röteten.

„Ich wollte Sie lediglich darauf aufmerksam machen, dass Frau Danner kürzlich einen großen persönlichen Verlust erlitten hat. Sie haben ja gerade eben selbst gesagt, dass sie eine persönliche Beziehung zu dem Opfer hatte. Natürlich nimmt sie das mit! Wenn es sie nicht belasten würde, dann müssten wir uns wohl Sorgen um sie machen, weil sie dann nämlich ein gefühlskalter Mensch wäre." Sie sah Herrn Meier eindringlich an. „Sie haben doch sicher auch schon mal jemanden verloren, der Ihnen nahestand, Herr Kriminalhauptkommissar Meier. Sehen Sie es meiner Kollegin daher bitte nach, wenn sie etwas über die Stränge schlägt. Ich bin mir sicher, sie wird sich bei Herrn Branddirektor Husmann entschuldigen. Sie kennen Frau Danner doch! Sie trägt ihr Herz auf dem rechten Fleck! Bitte gestatten

Sie ihr, die Ermittlungen bis zum Eintreffen des abschließenden Berichts der Feuerwehr fortzuführen!"

Herr Meier musterte Helena erstaunt. Auch Franzi blieb der Mund offen stehen. Normalerweise nahm sich ihre Kollegin eher zurück, wenn ihr Chef im Spiel war, doch diesmal hatte sie offen Partei für Franzi ergriffen. Ein warmes Gefühl breitete sich in Franzi aus. Was hatte sie nur für ein wahnsinniges Glück, so eine tolle Kollegin und Freundin zu haben!

„Nun gut, Frau Hansen", erwiderte Herr Meier schließlich und räusperte sich. „Ich will ja kein Unmensch sein!" Er wandte sich an Franzi: „Aber Sie entschuldigen sich bei Herrn Husmann und versuchen sich ein wenig zu zügeln!"

Franzi nickte artig und sah ihrem Chef nach, als er das Büro verließ.

„Mensch, Lena", sagte sie grinsend, „so kenn i di ja gar net! Gibsch einfach dem Meier Kontra!"

Helena lächelte schwach. „Ich glaube, ich muss mich gleich übergeben!"

Franzi lachte laut auf.

„Aber vergiss nicht, dich bei Branddirektor Husmann zu entschuldigen", sagte Helena mit streng erhobenem Zeigefinger.

„Klar", antwortete Franzi schmunzelnd, „i glaub, i schick dem einfach 'ne Packung Beruhigungstee als Entschuldigung."

„Wehe ...", sagte Helena und verdrehte die Augen. Doch Franzi entging nicht, dass sie sich dabei ein Grinsen verkneifen musste.

Das schrille Klingeln des Telefons riss Franzi aus ihrer Arbeit. Seit Stunden saß sie am Computer und hatte sogar zur Mittagspause ihre Recherche nicht unterbrochen. Immerhin war die Wahrscheinlichkeit groß, dass sie nur noch einen Tag Zeit hatte, an dem Fall zu arbeiten. Helena hatte ihr ein leckeres Sandwich von der Bäckerei, wo sie mittags gewesen war, mitgebracht, das sie am Schreibtisch sitzend verzehrt hatte.

Sie nahm den Telefonhörer ab.

„Danner?"

Gleich darauf wurde sie blass. „Was sagen Sie da?"

Helena blickte auf. Als sie Franzis Gesichtsausdruck sah, stand sie sofort auf, ging um den Schreibtisch herum und legte ihre Hand auf Franzis Schulter.

„Aber wie konnte denn das passieren? Es hat doch g'heißen, er sei über dem Berg!", rief Franzi aufgebracht in den Hörer.

Sie lauschte der Antwort.

„Ja … Verstehe … Danke Ihnen … Auf Wiederhören!"

Sie knallte den Hörer auf die Gabel.

„Was ist denn passiert?", fragte Helena sanft.

Franzi drehte ihren Bürostuhl zu ihrer Kollegin herum. Sie war sehr blass und Tränen liefen über ihre Wangen, woraufhin Helena sich sofort nach vorne beugte und Franzi in ihre Arme zog.

Franzi ließ die Umarmung zu und klammerte sich an Helena. Ihre Tränen versickerten in Helenas Bluse. Die Freundin strich ihr sanft über die Haare, während sie beruhigend auf sie einsprach.

Sie schniefte laut auf, löste sich aus der Umarmung und lehnte sich in ihrem Stuhl zurück. Helena, die vor ihr in der Hocke saß, sah fragend zu ihr auf.

„Der Martin …" Franzi stockte. „Er hat's net g'schafft …"

„Oh nein! Was ist geschehen?“

„Der Arzt hat g'meint, sein Herz hat einfach aufgehört zu schlagen. Sie hätten no versucht, ihn zu reanimieren, doch leider vergeblich.“

Sie schüttelte den Kopf. „Dabei hat der Arzt uns geschtern no g'sagt, dass der Martin über dem Berg sei! I versteh das einfach net!“ Ihre Augen weiteten sich entsetzt. „Oh Gott, der Eddie!“ Sie schlug die Hände vor ihr Gesicht. „Wie soll der des au no verkraften?“

Helena legte ihr beruhigend die Hand auf das Knie.

„Das ist wirklich schrecklich! Es tut mir so leid, Franzi! Das Schicksal schlägt manchmal erbarmungslos zu und scheint so gar kein Mitleid mit den Menschen zu haben! Doch Eddie packt das! Wirst schon sehen! Er hat doch auch Freunde, die ihm da durchhelfen werden, oder etwa nicht?“

Franzi nickte schniefend. „Bestimmt hat er die. Er isch eigentlich immer mit 'ner größeren Gruppe unterwegs gewesen.“

„Na, siehst du. Natürlich wird ihn die Nachricht vom Tod seines Vaters sehr treffen, doch er wird nicht allein sein. Und das ist die Hauptsache.“

„Danke, Lena“, sagte Franzi leise und wischte sich mit dem Ärmel die Tränen aus dem Gesicht.

Helena nickte ernst. „Jederzeit. Komm, setz dich dort drüben an den Tisch. Ich mach uns einen Tee, der wird dir guttun.“

„Das hat echt geholfen“, sagte Franzi dankbar, während sie die leere Tasse zurück auf den Tisch stellte. Ihre Augen brannten noch von vorhin und ihr war klar, dass ihre geschwollenen Lider ihren Gemütszustand deutlich verrieten. Doch das war Franzi egal. Sie gab nicht viel auf Äußerlichkeiten. Sie hatte sich vorhin kurz das Gesicht mit kaltem Wasser gewaschen und mit Papierhandtüchern trocken getupft. Mehr war nicht drin. Make-up trug sie keines, und warum sollte man eigentlich nicht zeigen dürfen, wie man sich fühlte? Franzi hatte sich schon oft gefragt, warum sich manche Frauen so viel Mühe gaben, mit ihrem geradezu maskenhaften Äußeren ihr Innerstes zu verbergen.

Sie musterte ihre Partnerin. Lena trug wie immer dezentes Make-up. Wimperntusche, Eyeliner und etwas Lippenstift, doch nichts Auffälliges. Ihr blondes Haar trug sie meist, so wie heute, zu einem ordentlichen Pferdeschwanz gebunden. Franzi trug ihre schulterlangen Locken meist offen. Sie mochte es nicht, ihre Haare fest nach hinten zu binden. Da sich immer wieder Locken aus dem gebundenen Haar lösten, hatte das in ihren Augen sowieso keinen Sinn. Bei der Gartenarbeit trug sie meist einen lockeren Dutt ganz oben auf dem Kopf.

Als das Telefon läutete, ging Helena dran. Nach einem kurzen Gespräch legte sie wieder auf und wandte sich an Franzi.

„Eddie ist auf dem Weg ins Büro", bemerkte sie ernst.

Franzi nickte gefasst und stand auf. Sie ging zur Tür und öffnete sie. Kurz darauf vernahmen sie auch schon das Ping des Aufzuges und Eddie bog um die Ecke. Als er Franzi erreichte, umarmte sie ihn fest.

„Es tut mir so leid, Eddie!", flüsterte sie.

Er nickte gefasst und ließ sich von ihr ins Büro führen, wo ihm auch Helena ihr tief empfundenes Beileid aussprach.

Nachdem Franzi und Eddie am Tisch Platz genommen hatten, verließ Helena diskret das Büro. Sie kehrte kurz darauf zurück, um eine Flasche Wasser und zwei Gläser auf den Tisch zu stellen, bevor sie sich abermals zurückzog.

Eddie trank einen großen Schluck Wasser, bevor er stockend das Gespräch begann. „Ich komme gerade aus dem Krankenhaus." Seine Stimme klang belegt. Er räusperte sich hinter vorgehaltener Hand.

„Das muss sehr schwer für dich gewesen sein", sagte Franzi mitfühlend.

Eddie nickte. „Ich war schon sehr überrascht, als ich den Anruf aus der Klinik erhielt. Der Arzt schien sich gestern doch einigermaßen sicher, dass Vater über dem Berg sei."

„Ja, genau." Franzi nickte ernst. „Weiß man denn schon, was passiert ist?"

Eddie seufzte und hob in einer Geste der Hilflosigkeit beide Hände hoch.

„Herzversagen, meinte der Arzt. Kommt wohl schon mal vor, nach so einem schlimmen Unfall. Immerhin war Vater lang unter Narkose ..."

Eine Weile saßen sie sich schweigend gegenüber. Franzi bemerkte, dass Eddies Fingerknöchel weiß waren, so fest hielt er das Glas Wasser umklammert.

„Ich ... Ich wollte fragen, wann ich damit rechnen kann, dass Oma freigegeben wird von der Pathologie? Ich will die Beerdigung planen ... Die Beerdigungen planen, meine ich ..." Er sah auf und verzog sein Gesicht. „Ich muss mich irgendwie beschäftigen, Franzi", sagte er leise.

Franzi nickte verständnisvoll. „Des versteh i natürlich. Planst du eine Doppelbeerdigung?"

„Das hab ich mir so vorgestellt. Wenn schon Oma und Papa beinahe gleichzeitig gehen mussten, dann wäre es doch schön, wenn sie wenigstens jetzt vereint wären, oder?"

„Des seh i au so." Franzi nickte. „Marie hat euch beide sehr geliebt. Des hat sie mir oft genug g'sagt. Irgendwie bin i froh, dass sie den Tod ihres einzigen Sohnes nicht mehr hat miterleben müssen, auch wenn es mir andererseits das Herz zerreißt, dass sie uns für immer verlassen hat und no dazu auf diese schreckliche Weise."

„Ich weiß, was du meinst. Daran hab ich auch schon gedacht. Oma hätte es nicht verkraftet, wenn Papa vor ihr gegangen wäre."

Eddie drehte das Glas vor sich auf dem Tisch hin und her, während er gedankenverloren vor sich hinstarrte.

„Der abschließende Bericht der Pathologie liegt bereits vor. I hab vorhin grünes Licht bekommen, dass die Leiche deiner Oma freigegeben wurde. Du kannsch also damit anfangen, die Beerdigungen zu planen. Das Beerdigungsinstitut soll sich mit der Pathologie in Verbindung setzen, damit sie die Übergabe absprechen können."

„Danke, Franzi."

Eddie trank sein Glas aus und erhob sich.

„Na dann ..." Er wandte sich zur Tür.

Franzi hielt ihn zurück. „Eine Sache noch."

„Ja?"

„I hab mit deinem Vater ausg'macht, dass i mi um den Blumenschmuck für die Beerdigung von der Marie kümmere. I wollt dir des Gleiche anbieten ..."

Eddie lächelte schwach.

„Das ist lieb, aber ich mach das schon. Ich hab ja jetzt nichts anderes zu tun …"

„Alles klar. Gibst du mir bitte Bescheid, wann die Beerdigungen stattfinden, ja?"

„Klar. Bis dann!"

„Mach's gut, Eddie!"

Nachdem Eddie das Büro verlassen hatte, blieb Franzi noch eine Weile sitzen. Sie war ein von Natur aus fröhlicher Mensch und versuchte immer, in allem das Positive zu sehen. Doch so sehr sie sich auch anstrengte, konnte sie in diesem Fall beim besten Willen nichts Positives entdecken. Ein junger Mann verlor innerhalb weniger Tage alles, was er an Familie noch übrig gehabt hatte. Als seine Mutter an Krebs gestorben war, war Eddie gerade einmal fünfzehn Jahre alt gewesen. Marie und Martin waren alles an Familie gewesen, was er gehabt hatte. Dass beide auf einen Schlag einfach so weg waren, musste Eddie erst mal verkraften. Er hatte auf Franzi einen benommenen Eindruck gemacht. Kein Wunder! Wenn einem die Eckpfeiler des Lebens auf einmal entrissen wurden, musste man sich völlig neu orientieren.

Die Tür öffnete sich und Helena kam herein. Sie balancierte ein Tablett mit zwei großen, dampfenden Tassen und einen Teller mit Gebäck vor sich her.

„Noch ein Tee?", fragte Franzi schwach lächelnd.

Helena schüttelte den Kopf. „Nein, ich hab uns zwei einen schönen Milchkaffee gemacht. Die Helga von der Buchhaltung drüben hat dazu ein paar ihrer leckeren Minicroissants gestiftet, die sie für die Abteilung mitgebracht hat."

Sie stellte das Tablett auf dem Tisch ab und Franzi verteilte die Tassen. Den Teller platzierte sie in der Mitte, bevor sie das Tablett neben sich auf den leeren Stuhl legte.

„Du bisch die Beschte!", sagte Franzi erfreut.

„Wenn du das noch öfter sagst, glaube ich es noch", erwiderte Helena augenzwinkernd.

„Wenn's doch so isch …"

Franzi nahm ein Mini-Croissant und biss hinein. Mhhh, war das lecker! Sie warf einen Blick auf die dampfende Tasse vor sich und betrachtete dann versonnen das Gebäckstück in ihrer Hand. Ob sie wohl …?

„Tu dir keinen Zwang an", sagte Helena schmunzelnd.

„Was denn?" Franzi sah sie unschuldig an.

„Ich weiß doch, dass du gerade darüber nachdenkst, dein Croissant in dem Kaffee zu versenken …"

„Also, wenn du des scho vorschlägsch …"

Grinsend tauchte Franzi das kleine Hörnchen in ihren Kaffee. Augenblicklich löste es sich in seine Bestandteile auf und verteilte sich in der bauchigen Tasse.

„Also mit 'ner Breze isch des fei einfacher", bemerkte Franzi stirnrunzelnd. Sie zuckte mit den Schultern, bevor sie sich einen Löffel schnappte, um die Gebäckstücke aus der Tasse zu fischen und schlürfte sie anschließend genüsslich vom Löffel. Den leicht angewiderten Gesichtsausdruck ihrer Partnerin ignorierte sie.

„Hmmm, lecker!"

Helena lachte.

„Du wirst dich auch nicht mehr ändern!"

„Nee, sicher net. Aber des tätsch du au gar net wollen, dass i mich änder! Du magsch mi nämlich so, wie i bin!"

„Das ist auch wieder wahr, liebe Franzi", antwortete Helena lachend. „Wir zwei sind halt ein tolles Team!"

Zwei Stunden später, nach weiterer intensiver Recherche, verabschiedete sich Franzi von ihrer Kollegin. Immer drängender fühlte sie die vorbeirasende Zeit und ihr war nur allzu bewusst, dass sie noch keinen Schritt weitergekommen war mit ihren Ermittlungen. Wenn der abschließende Bericht der Feuerwehr, wie vermutet, keine andere Brandursache als den Ofen identifizierte, würde der Fall als Unfall zu den Akten gelegt werden. Ihr Bauchgefühl sagte Franzi aber ganz deutlich, dass Marie damit großes Unrecht getan werden würde. Und das durfte sie auf keinen Fall zulassen! Also machte sie sich erneut zum Ort des Geschehens auf. Vielleicht würde sie ja irgendetwas bemerken, was die Feuerwehr übersehen hatte! Sie wusste, wie verschwindend gering die Wahrscheinlichkeit war, aber sie musste einfach jede noch so kleine Chance ergreifen!

Als sie mit ihrem quietschgrünen Rad kurze Zeit später an Maries Grundstück hielt, staunte sie nicht schlecht, als sie bemerkte, dass der Bauzaun, der das Grundstück abriegelte, verschoben worden war. Noch mehr staunte sie über die Stimmen, die von der Unglücksstelle kamen. Schnell hängte sie ihren Helm an den Lenker ihres Rads und schlüpfte durch die Lücke im Bauzaun.

Auf dem zertrampelten Rasen erblickte sie zu ihrer Überraschung Eddie, der sich angeregt mit einem gut betuchten Herrn um die sechzig unterhielt. Der Mann trug feinsten grauen Zwirn und eine leuchtend blaue Krawatte. Er war gut einen Meter neunzig groß und trug seine wenigen Haare streng nach hinten gegelt, was seine ausgeprägten Geheimratsecken betonte. Seine auf Hochglanz polierten Lederschuhe bildeten einen seltsamen Kontrast zu der matschigen Rasenfläche, auf der er stand. Franzi konnte den häufigen Blicken, die der Mann auf seine teuren Treter warf, entnehmen, dass ihm diese Tatsache nur allzu bewusst war. Der Mann hielt ein Klemmbrett in der Hand, auf dem er sich Notizen machte.

„Was soll des hier werden?", fragte Franzi und unterbrach das angeregte Gespräch der beiden Männer. Erstaunt fuhren sie herum und musterten den Neuankömmling.

„Franzi", rief Eddie überrascht, „was machst du denn hier?"

„I wollt einfach mal nach dem Rechten sehen", antwortete sie knapp. „Wer isch des?" Sie wies auf den Anzugträger, der aufgrund ihrer Unhöflichkeit irritiert eine Augenbraue hob.

„Das ist Herr Dr. Gebhardt. Er ist Immobilienmakler."
Verständnislos runzelte Franzi die Stirn.
„Immobilienmakler?"
Eddie räusperte sich.
„Na, wegen dem Grundstück von der Oma ..."
Endlich fiel bei Franzi der Groschen.
„Du willsch das Grundstück verkaufen?"
Eddie nickte.
„Was soll ich denn damit? Ich wohne doch nicht mal hier in Augsburg."

„Deine Oma isch no net mal unter der Erde und du willsch scho ihren Grund und Boden verscherbeln?", fragte Franzi entrüstet.

„Ich hab dir doch gesagt, dass ich mich beschäftigen muss. Und das stand eben auch auf meiner Liste!", erwiderte Eddie trotzig.

Verständnislos schüttelte Franzi den Kopf.

„Können wir dann weitermachen?", fragte der Makler, nachdem er einen Blick auf seine Rolex geworfen hatte.

Eddie nickte. „Natürlich." Er wandte sich von Franzi ab. „Die Interessenten sollten auch gleich da sein."

Franzi blieb der Mund offen stehen. Er hatte auch schon Interessenten! Zugegeben, Grundstücke und Häuser in dieser Lage waren heiß begehrt. Die meisten davon landeten nicht mal in der Zeitung, sondern gingen gleich unter der Hand weg. Doch dass das so schnell ging …

„Huhu, hier sind wir schon!", ertönte eine Stimme vom Bauzaun her.

Franzi erstarrte. Das durfte doch nicht wahr sein!

Frau Klein, ihren Mann im Schlepptau, kam gerade durch die Lücke im Bauzaun und winkte Eddie und dem Makler zu. Als sie Franzi erblickte, verdüsterte sich ihr Gesicht. Ihre rot geschminkten Lippen verzogen sich zu einer hässlichen Grimasse.

„Was will die denn hier?", fragte sie an Eddie gewandt.

„I werd Ihnen glei sagen, was i hier will …", rief Franzi, bevor Eddie dazwischenging und sie stoppte.

„Franzi, es wäre wirklich besser, wenn du jetzt gehst", sagte er leise. Er nahm sie am Arm und führte sie in Richtung Bauzaun. „Du siehst doch, dass ich gerade beschäftigt bin."

Als er Franzis wütenden Blick bemerkte, ließ er schnell ihren Arm los und fügte hinzu: „Was hältst du davon, wenn wir uns nachher in dem Biergarten die Straße runter treffen? Dann können wir über alles reden."

Einigermaßen besänftigt nickte Franzi.

„Um sechs?"

„Ja, um sechs. Wir sehen uns dann!"

Er wandte sich ab und wollte bereits zurückgehen. Franzi sah, dass Frau Klein auf den Makler einsprach, während ihr Mann etwas verloren danebenstand.

„Eins no, Eddie!"

Er wandte sich ihr noch mal zu und hob fragend die Augenbraue.

„Versprich mir, dass du net an die Kleins verkaufsch!"

„Franzi, ich verkaufe heute noch gar nicht. Das sind nur Sondierungsgespräche. Also bis später dann!"

Franzi winkte ihm zu und warf noch einen letzten Blick auf die Klein, die sie hochmütig anlächelte. Aus einem Trotzanfall heraus, streckte sie ihr kurz die Zunge heraus, bevor sie durch den Bauzaun schlüpfte.

Als sie zu Hause ankam, begrüßten Waschtl und Herr Gustav sie stürmisch. Aufgeregt sprang Waschtl an ihr hoch. Herr Gustav mühte sich ab, es seinem Kumpel gleichzutun, aber mit seinem fehlenden Hinterbein gelang ihm das Kunststück eher schlecht als recht. Sie herzte die beiden ausgiebig und nahm sich fest vor, heute Abend mit Eddie endlich über den Verbleib des kleinen Dackels zu sprechen. Sie war sich nach wie vor nicht sicher, ob sie das Thema bisher nicht angeschnitten hatte, weil es sich wirklich nicht ergeben hatte oder weil sie einfach die Zeit mit ihrem Gast zu sehr genoss und den Abschied so lange wie möglich hinauszögern wollte. Ein kurzer Blick auf die Uhr sagte ihr, dass sie sich sputen musste. Sie würde Eddie in weniger als einer Stunde im Biergarten treffen.

„I geh schnell hoch und zieh mi um“, teilte sie den um sie herumspringenden Hunden mit. „Dann geh mer spazieren.“

Die Tiere wedelten eifrig mit den Schwänzen, um ihr Einverständnis zu signalisieren.

Als Franzi kurz darauf in einer khakifarbenen Dreiviertelhose und in gelbem T-Shirt aus dem Haus ging, ließ sich Herr Gustav bereitwillig die Leine anlegen und die drei zogen los. Für einen ausgiebigen Spaziergang an die Wertach runter würde die Zeit nicht ausreichen. Deshalb liefen sie einen langen Feldweg entlang, wo Franzi die Hunde frei laufen lassen konnte. Hier fuhr so gut wie nie ein Auto. Links und rechts des Weges schoss bereits das Getreide in die Höhe und versprach eine reiche Ernte. Noch waren die Halme grünlich und es würde ein paar Wochen dauern, bis sie die satte goldene Farbe fertigen Getreides angenommen haben würden. Die dazwischen wachsenden roten Mohnblumen stellten einen bezaubernden Kontrast dar. Ein leichter Wind trug den Geruch nach Stall vor sich her. Ganz in der Nähe waren mehrere Pferdehöfe. Franzi störte der würzige Geruch nicht, ganz im Gegenteil. Sie genoss die wärmenden Sonnenstrahlen, die jetzt am Frühabend bereits ihre Kraft verloren und genoss einfach die Stille des Augenblicks.

Plötzlich quietschten Bremsen hinter ihr. Franzi fuhr erschrocken herum und suchte den Weg nach den Hunden ab. Am Rand erleichterte sich gerade der Waschtl, während Herr Gustav um das Fahrrad herumhüpfte, das mitten auf dem Weg angehalten hatte. Als sie den Fahrer des Gefährts erblickte, hielt sie ungläubig die Luft an.

„Sie scho wieder?"

Moritz lachte. „Ich glaube, wir waren bereits beim Du", sagte er augenzwinkernd. Er stieg von seinem Rad ab und ging neben dem aufgeregten Dackel in die Hocke. Sogleich versuchte der kleine Hund, sich auf Moritz Knie aufzustellen, doch er verlor immer wieder das Gleichgewicht. Moritz nahm den Dackel kurzerhand auf den Arm und erhob sich wieder. Herr Gustav ließ sich das nur allzu gern gefallen und bedankte sich bei Moritz, indem er ihm das Gesicht ableckte.

„Herr Guschtav, aus!"

„Geh, lass ihn doch", erwiderte ihr Gegenüber lachend. Er wandte sich wieder dem Hündchen zu. „Ja, ich freu mich doch auch, dich zu sehen!"

Er kraulte ihn ausgiebig hinter den Ohren, woraufhin es sich der Dackel auf Moritz' Armen gemütlich machte und genießerisch die Augen schloss.

„Wo kommsch du denn her?"

„Von der Arbeit", antwortete Moritz grinsend. Er deutete auf sein Outfit. Franzi musterte ihn und stellte fest, dass er eine schwarze Arbeitshose mit zahlreichen Taschen trug, aus denen Meterstab, Bleistifte und andere Gerätschaften herausragten. Oben herum trug er ein einfaches T-Shirt, das schon ein paar kleinere Löcher aufwies.

„Handwerker?"

Moritz nickte. „Zimmermann." Er musterte Franzi und die Hunde. „Und ihr drei Hübschen?"

Franzi schoss die Hitze ins Gesicht. Hatte er sie gerade eben *hübsch* genannt? Ihr Blick fiel auf den zerzausten

Waschtl, den Moritz in die Bezeichnung miteingeschlossen hatte und der sich gerade gedankenverloren hinter dem Schlappohr kratzte. Sicher meinte er es nicht so.

„Wir gehn nur spazieren", antwortete sie. Sie streckte die Arme nach Herrn Gustav aus. „Mir müssen dann au wieder ..."

„Ich könnte euch noch ein Stück begleiten."

„Wir müssen eh umdrehen", sagte Franzi abweisend. „I hab heut no 'ne Verabredung."

Moritz zog die Augenbraue hoch. „Eine Verabredung?"

„I treff nur 'nen alten Freund", ergänzte Franzi hastig und wunderte sich gleich darauf über sich selbst. Was ging ihn das eigentlich an?

„Na dann, viel Spaß mit dem alten Freund", erwiderte Moritz grinsend, während er Herrn Gustav vorsichtig auf den Boden stellte. Sofort flitzte der kleine Dackel davon, einem Schmetterling hinterher. Waschtl folgte ihm umgehend, um das Ganze zu überwachen.

Moritz schwang sich geschickt auf sein Fahrrad und zwinkerte Franzi zu. Dann stieg er in die Pedale und fuhr davon. Eine Weile sah Franzi dem groß gewachsenen Mann hinterher, bevor sie nach einem Blick auf die Uhr erschrocken feststellte, dass es nun wirklich höchste Zeit war, umzukehren, damit sie zu ihrer Verabredung mit Eddie nicht zu spät käme. Sie beschloss, die Hunde kurzerhand mitzunehmen. Im Biergarten hatte sicher niemand etwas dagegen, wenn man seine Vierbeiner, oder im Fall von Herrn Gustav Dreibeiner, mitbrachte. Außerdem könnte Eddie so gleich seinen zukünftigen Mitbewohner kennenlernen. Ja, das war eine ausgesprochen gute Idee!

Beschwingt machte sich Franzi auf den Weg zum Biergarten.

Es war bereits fünf Minuten nach sechs, als sie dort ankam. Der Biergarten war an diesem lauen Frühsommerabend gut belegt, aber Eddie konnte Franzi nirgends entdecken. Vor dem Eingang zum Lokal standen wie immer zwei große, mit Wasser gefüllte Metallschüsseln mit der Aufschrift *Hundetankstelle*, bei denen sie kurz anhielt, um die Hunde erst mal ausgiebig schlabbern zu lassen. Unter einer großen Kastanie in der Nähe war noch ein Tisch mit vier Stühlen frei, den Franzi anschließend ansteuerte.

Waschtl und Herr Gustav machten es sich gleich unter dem Tisch bequem, während Franzi die Leine des Dackels an ihrem Stuhl befestigte. Anschließend nahm sie die Speisekarte auf und studierte sie eingehend, als ein Schatten auf sie fiel.

„Na, schon gewählt?"

Franzi sah auf und sah sich Eddie gegenüber, der grinsend vor ihrem Tisch stand. Eine stylische Sonnenbrille steckte in seinem schütteren Haar. Er trug eine Jeansjacke über einem weißen T-Shirt, was sein Bäuchlein etwas kaschierte. Seine Hand war nach wie vor verbunden, schien ihm jedoch kaum Probleme zu bereiten.

Er zog sich einen Stuhl heraus und setzte sich Franzi gegenüber. Als er mit den Füßen einen der Hunde berührte, blickte er überrascht unter den Tisch.

„Oh, du hast ja Gesellschaft."

Franzi nickte. „Darf ich vorstellen: Waschtl und natürlich Herr Guschtav. Aber den kennsch du ja scho."

Verwirrt sah Eddie sie an.

Franzi deutete auf den Dackel, der seine Schnauze auf die Pfoten gelegt hatte und friedlich vor sich hin döste.

„Na, Herr Guschtav! Der Hund von deiner Oma!"

Eddie schlug sich die Hand vor den Kopf. „Na klar, Omas dreibeiniger Dackel! Den hatte ich ja schon ganz vergessen! Was macht der denn bei dir?"

„Herr Guschtav war der Einzige, den i aus dem brennenden Haus retten konnte", antwortete Franzi traurig. „I hab versucht, Marie da rauszuholen, aber i hab's net geschafft."

Sie senkte den Kopf.

„Du hast sicher alles Menschenmögliche getan, um Oma zu helfen", sagte Eddie und tätschelte Franzis Hand. „Ein Wunder, dass der Hund das Feuer überlebt hat!"

Franzi nickte. „Ja, des war au wirklich knapp."

Sie berichtete Eddie von der ersten Nacht nach dem Brand und dem Sauerstoff, der dem kleinen Hund das Leben gerettet hatte.

„Herr Guschtav wird dir sicher ein Troscht sein …"

„Mir ein Trost sein?" Die Verwirrung stand Eddie ins Gesicht geschrieben.

„Na, der Hund gehört doch jetzt dir", erklärte Franzi.

„Warum denn mir?"

„Na, weil du doch jetzt Maries Erbe bisch!"

Wieso kapierte denn niemand, was sie meinte? Der stellte sich genauso an wie sein Vater …

Abwehrend hob Eddie beide Hände.

„Ich? Einen Hund? Nein, nein, das geht auf keinen Fall!"

Franzi hob erstaunt die Augenbraue.

„Wie jetzt? Du willsch ihn gar net?"

„Ich hab überhaupt keine Zeit, mich um ein Tier zu kümmern. Ich hab da ja auch gar keine Erfahrung."

„Ach", Franzi winkte ab, „des lernsch du schnell ..."

Es war beinahe Mitternacht, als Franzi sich zu Bett begab. Der Abend mit Eddie war nett und unterhaltsam gewesen. Sie hatten sich ausgiebig über „die gute, alte Zeit" unterhalten. Eddie hatte auf sie einen positiven Eindruck gemacht, was Franzi erleichterte. Es gab Menschen, die mit einem solch großen Verlust, wie er ihn gleich zweimal hintereinander erlitten hatte, nicht umgehen konnten und daran zerbrachen. Eddie war jedoch pragmatischer Natur und schien die Dinge so zu nehmen, wie sie waren. Ihr Blick fiel auf das Körbchen vor ihrem Bett, in dem Herr Gustav zusammengerollt vor sich hin döste.

„Sieht so aus, als bleibsch du nun doch bei mir, du kleiner Racker", flüsterte Franzi und betrachtete den kleinen Hund liebevoll. Ihr war es völlig unverständlich, wieso auch Eddie ihn nicht haben wollte, aber es gab einfach Menschen, die keine Tiere in ihrem Leben duldeten. Franzi gehörte definitiv nicht zu dieser Sorte Mensch. Sie liebte ihren Waschtl über alles und auch Herr Gustav war ihr in der kurzen Zeit, in der er bei ihr lebte, sehr ans Herz gewachsen. Was gab es Schöneres, als beim Nachhausekommen so herzlich begrüßt zu werden, als wärst du das Allerbeste, was es auf der ganzen weiten Welt gibt? Die uneingeschränkte Liebe und auch das Vertrauen, dass ihr von den Tieren entgegengebracht wurde, halfen Franzi über ihren stressigen Beruf hinweg. Gerade weil sie in ihrem Job mit den abartigsten Abgründen menschlichen Handelns konfrontiert wurde …

6.

Als der Wecker Franzi am nächsten Morgen aus dem Schlaf klingelte, fühlte sie sich wie gerädert. Normalerweise ging sie viel früher ins Bett, doch der Abend mit Eddie gestern war es wert gewesen. Sie hatte nur ein Radler getrunken und den Rest des Abends Holunderschorle bestellt, worüber sie jetzt froh war. Da heute Freitag war, befürchtete Franzi, dass der abschließende Bericht der Feuerwehr wie angekündigt eintrudeln würde und sie wollte alle Sinne beisammenhaben, da sie sich diesbezüglich auf einen Kampf einstellte. Sie hatte für sich beschlossen, dass sie ihrem Chef nicht klein beigeben würde, egal was er sagte. Das war sie Marie schuldig! Wenn er sie deswegen abmahnen wollte, bitte schön! Doch nichts würde sie davon abbringen, weiter zu ermitteln, bis sie genau wusste, was geschehen war.

Nach einer ausgiebigen Dusche fühlte sich Franzi gleich viel besser. Sie ging in die Küche und versorgte zunächst einmal ihre Hunde, die schon sehnsüchtig auf ihr Frühstück warteten. Als sie Herrn Gustav beim Fressen beobachtete, verspürte sie zum ersten Mal tief in sich drin ehrliche, ausgiebige Dankbarkeit, dass ihr dieser kleine Schatz erhalten blieb und sie dadurch eine ständige Erinnerung an Marie um sich hatte. Sie konnte zwar immer noch nicht nachvollziehen, warum Eddie den Hund nicht behalten wollte, begriff ihre neue Aufgabe jedoch keinesfalls als Hürde, sondern als große Bereicherung für ihr Leben.

Der Wasserkocher brodelte und Franzi brühte sich anschließend Kaffee im weißen Porzellanfilter auf. Tief sog sie das köstliche Aroma des belebenden Getränkes ein. Was gab es Besseres als den Duft nach frisch gekochtem Kaffee am Morgen? Sie gab einen ordentlichen Schuss Milch in die Tasse und nach kurzem Überlegen auch einen gehäuften Löffel Zucker. Heute stand ihr der Sinn nach süß. Anschließend nahm sie das dicke Holzbrett aus der Schublade und legte den bereits merklich geschrumpften Brotlaib darauf, den sie vor einer Woche gebacken hatte, und schnitt sich zwei großzügige Scheiben davon ab. Die bestrich sie mit einer dicken Schicht Butter und träufelte anschließend Honig darauf. Als sie sich an den Küchentisch setzte, um gemütlich zu essen, waren die Hunde bereits durch die Terrassentür in den Garten verschwunden. Franzi freute sich aufrichtig, dass Waschtl nun immer einen Gefährten um sich hatte. Unwillkürlich fiel ihr Blick auf den leeren Stuhl ihr gegenüber. Sie fragte sich, wie es wohl wäre, wenn auch sie jemanden hätte, der mit ihr gemeinsam durchs Leben ging?

Kopfschüttelnd nahm sie einen Schluck Kaffee. Was ihr nur wieder einfiel um diese Zeit? Sie war doch wirklich mehr als zufrieden! Alles war gut so, wie es war. Sie konnte tun und lassen, was sie wollte, niemand redete ihr hinein, sie war niemandem Rechenschaft schuldig … Nein, ein Mann hatte definitiv keinen Platz in ihrem Leben!

Es klingelte an der Tür. Erstaunt sah Franzi auf die Uhr. Erst halb acht. Wer mochte das sein?

Sie öffnete die Tür und sah sich ihrer Briefträgerin Frau Minka gegenüber, die gerade freudig die beiden Hunde begrüßte, die aufgeregt um sie herumsprangen.

„Guten Morgen, Frau Minka. Sie sind aber scho früh dran heute."

„Guten Morgen, Frau Danner. Ich habe da ein Einschreiben für Sie. Dafür würde ich eine Unterschrift benötigen."

„Ein Einschreiben?" Erstaunt zog Franzi die Augenbrauen nach oben. „Von wem denn?"

Die Briefträgerin lachte. „Das werden Sie ja gleich herausfinden, nicht wahr, Frau Danner?" Sie zwinkerte ihr grinsend zu.

„Au wieder wahr", erwiderte Franzi schmunzelnd. „Na dann, wo muss i denn unterschreiben?"

Nachdem die Formalitäten erledigt und sie sich von Frau Minka verabschiedet hatte, kehrte Franzi in ihre Küche zurück. Sie drehte den Umschlag in der Hand und besah ihn sich von allen Seiten. Als Absender war das Notariat Knoll angegeben, sesshaft in Augsburg-Stadtmitte.

Franzi zuckte mit den Schultern, bevor sie sich setzte, den Umschlag öffnete und las:

Sehr geehrte Frau Danner,
in dringendster Angelegenheit würde ich Sie bitten,
sich heute um 15 Uhr in meinem Notariat einzufinden.
Die Sache duldet leider keinerlei Aufschub.
Ich appelliere an Ihr Verständnis und verbleibe mit
freundlichen Grüßen,

Dr. Nils Knoll

Erstaunt las Franzi den Inhalt des Briefes ein weiteres Mal. Was mochte dieser Herr Knoll von ihr wollen? Sie kratzte sich verwirrt am Kopf. Nun ja, sie würde es sowieso bald herausfinden!

Ein Blick auf die Uhr sagte ihr, dass sie sich nun aber sputen musste. Schnell verspeiste sie den Rest ihres Frühstücks und stellte anschließend das Geschirr in die Spüle. Darum würde sie sich später kümmern! Sie schnappte sich ihre Jacke, den Hausschlüssel und ihren Fahrradhelm und verließ ihr Haus. Im Garten herzte sie noch einmal ausgiebig die beiden Hunde – so viel Zeit musste schließlich sein –, bevor sie sich auf ihr Fahrrad schwang und eilig zum Präsidium radelte.

Helena war schon bei der Arbeit, als Franzi ankam. Sie berichtete ihr kurz von den Fällen, die sie inzwischen zu den Akten gelegt hatte, was Franzi sehr erleichterte. Sie war ihrer Kollegin zutiefst dankbar für die überaus sorgfältige Arbeit, die sie für sie miterledigt hatte.

Anschließend setzte sich Franzi an ihren PC und bemerkte sogleich, dass sie Post hatte. Gespannt klickte sie auf den Posteingang und wurde blass, als sie im Betreff das Wort *Abschlussbericht* las. Es war so weit! Der Moment, vor dem sie sich die ganze Woche gefürchtet hatte, war gekommen. Sie schluckte, bevor sie tapfer die Mail öffnete. Zunächst das übliche Blabla ... Die Unglücksadresse, zu Schaden gekommene Person, Einsatzkräfte der Feuerwehr usw. Franzi überflog gespannt die Zeilen, bis sie endlich an die entscheidende

Stelle kam. *Unglücksursache* ... Sie riss sich zusammen und las:

Als Unglücksursache geht die Feuerwehr von einem Eigenverschulden der Hausbesitzerin Frau Marie Witting aus, basierend auf der geöffneten Ofentür ...

Franzi schloss die Augen und lehnte sich in ihrem Stuhl zurück. Eine Hand legte sich auf ihre Schulter.

„Was ist denn, Franzi?"

Sie sah zu ihrer Kollegin auf, die neben ihr stand und sie besorgt musterte. Mit einer schwachen Handbewegung deutete sie auf ihren Monitor. Helena las nun ebenfalls den Bericht.

„Das soll jetzt kein Trost sein", sagte sie schließlich, als sie fertig gelesen hatte, „aber du hast doch mit so etwas bereits gerechnet, nicht wahr?"

Franzi nickte und starrte weiter auf den Monitor vor sich.

„Du darfst jetzt nicht aufgeben!"

Erstaunt drehte sich Franzi zu Helena um.

„Dir isch scho klar, dass mir ab jetzt die Hände gebunden sind, was die Ermittlungen angeht, Lena?"

Helena nickte ernst.

„Natürlich, aber was der Meier nicht weiß, macht ihn nicht heiß! Oder etwa nicht? Das sagst du doch immer?"

Franzi blieb der Mund offen stehen. Und das von ihrer sonst so überaus korrekten Partnerin! Sie konnte es nicht fassen!

„Wer sind Sie und was ham sie mit meiner Lena gemacht?", fragte sie erstaunt.

Helena lachte.

„Die ist schon noch da, keine Sorge! Aber ich kenne dich doch! Die Sache wird dir so lange keine Ruhe lassen, bis du ihr auf den Grund gegangen bist! Ich unterstütze dich, wo ich nur kann und wenn ich dir nur damit helfen kann, indem ich dich decke, während du heimlich weiter ermittelst!"

Franzi sprang auf und umarmte Helena fest. Das würde ihr erst einmal die direkte Konfrontation mit ihrem Chef ersparen!

„Hilfe! Du erdrückst mich ja!", rief Helena lachend, woraufhin Franzi sie losließ.

Ein Ping von Franzis PC kündigte eine weitere Mail an.

„Die Arbeit ruft!", sagte Helena neckend und deutete auf den Computer.

Franzi seufzte, bevor sie sich wieder setzte.

Die neue Mail war von der Spurensicherung. Verwirrt schüttelte sie den Kopf. Was wollte denn die SpuSi von ihr? Sie öffnete die Mail und las sie. Dann las sie sie erneut und anschließend ein drittes Mal.

„Das isch ja der Hammer!", rief sie.

Helena, die inzwischen ebenfalls wieder an ihrem Schreibtisch saß, sah erstaunt auf. Franzi deutete mit dem Kopf auf ihren Monitor.

„Des isch ein Bericht von der SpuSi", erklärte sie ihrer Kollegin. „Dabei geht es um den Unfall von dem Martin." Als sie das Wort Unfall sagte, zeichnete sie imaginäre Anführungszeichen in die Luft. „Stell dir vor, Lena, die SpuSi hat mögliche Anzeichen von Manipulation an Martins Wagen festgestellt. Zumindest wird sie nicht ausgeschlossen. Die Bremsleitung war durchgerissen, weshalb der Martin auch nimmer hat bremsen können. Die Stelle, die gerissen ist, wirkt verdächtig und wird weiter untersucht, da eine Manipulation der Bremsleitung nicht ausgeschlossen werden kann."

Helena zog erstaunt die Augenbrauen hoch.

„Also handelt es sich möglicherweise um einen Mordanschlag?"

Franzi nickte. „Genau! Und so lang die SpuSi no am Arbeiten isch, müssen wir den Fall genau als solchen behandeln!"

„Das ist ja ein Ding!"

„Und ob!", bekräftigte Franzi.

„Martin ist aber nicht bei dem Unfall ums Leben gekommen ...", fuhr Helena fort.

„... sondern erst im Krankenhaus", ergänzte Franzi.

„Und das obwohl der Arzt euch doch berechtigte Hoffnungen gemacht hatte, dass er den Unfall überleben würde!"

„Du meinsch ...?!"

Helena nickte. „Ja, ich meine, dass es sich lohnen könnte, da noch einmal genauer hinzusehen. Auch wenn es vielleicht weit hergeholt erscheint, aber wir sollten besser auf Nummer sicher gehen."

Franzi nahm sofort den Hörer in die Hand.

„I ruf glei in der Pathologie an! Der Herr Dr. Lysander muss sich Martins Leiche unbedingt nomml genau anschauen! Nur um sicherzugehen ..."

„Und?", fragte Helena, nachdem sie aufgelegt hatte.

„Wir ham grad nomml Glück gehabt", sagte Franzi erleichtert. „Die Leiche wäre in Kürze vom Bestattungsunternehmen abgeholt worden. Dr. Lysander wird sich um alles Weitere kümmern."

Helena seufzte erleichtert.

„Manchmal muss man auch Glück haben!"

„Ich schreib nur schnell eine Nachricht an Herrn Meier mit den neuesten Erkenntnissen. Dann starten wir mit unserer Recherche über Martin Witting."

Franzi nickte dankbar. Während Helena tippte, schossen ihr die wirrsten Gedanken durch den Kopf: *Mord? Maries Sohn! Wer sollte denn jemandem wie Martin an den Kragen wollen? Was war mit dem Brand? Wollte da womöglich jemand der ganzen Familie an den Kragen? War am Ende Eddie in Gefahr?*

Sie nahm ihr Handy und wählte Eddies Nummer. Nur die Mailbox! Frustriert ließ sie das Handy sinken und schickte ihm eine Nachricht, dass sie dringend mit ihm sprechen musste.

„So, fertig", sagte Helena. „Jetzt erzählst du mir mal am besten alles, was du über Martin Witting weißt."

Eine Stunde später hatte Franzi Helena auf den gleichen Stand gebracht. Sie hatte weit ausgeholt und so viel von Maries Familiengeschichte wiedergegeben, wie sie wusste. Ihre Partnerin hatte sich dabei eifrig Notizen gemacht und ihr aufmerksam zugehört.

„Okay, dann würde ich vorschlagen, dass ich mich zunächst um das geschäftliche Umfeld von Herrn Witting kümmere. Darüber wissen wir am wenigsten. Du meintest, er war so eine Art Vertreter?"

Franzi nickte.

„Ja. Nur was genau er da gemacht hat, weiß i ehrlich gesagt net. Marie hat mir sicher mal davon erzählt, aber i kann mi einfach nimmer dran erinnern."

„Das macht nichts", Helena winkte ab, „das finde ich schnell heraus. Um was willst du dich kümmern?"

„I hab gedacht, dass i mi vielleicht um das private Umfeld von Martin kümmern sollte. Bestimmt kann der Eddie mir da Auskunft geben. Damit würd i anfangen."

Helena nickte zufrieden.

„Na dann, frohes Schaffen."

Es war schon Mittag durch, als sie endlich eine Pause einlegten. Sie nutzten die Zeit, um gemeinsam durch den nahe gelegenen Wittelsbacher Park zu laufen und im dortigen Biergarten einen Happen zu sich zu nehmen.

„Bisch du mit deinen Recherchen weitergekommen?", fragte Franzi neugierig, nachdem sie an dem kleinen Tischchen Platz genommen hatten. Sie breitete ihre Serviette aus und legte sorgfältig ihre große Breze darauf, die sie erstanden hatte.

„Schon", sagte Helena mit vollem Mund, während sie mit ihrer Gabel erneut in den saftigen Wurstsalat stach, der vor ihr stand. „Aber leider nicht viel." Sie nahm einen Schluck von ihrer Apfelschorle. „Herr Witting arbeitete seit zwanzig Jahren bei der Herford AG."

„Das sind doch die mit den Staubsaugern!", rief Franzi erstaunt.

„Stimmt, die Herford AG vertreibt seit über dreißig Jahren Staubsauger in Deutschland und in Österreich. Früher hatten die diese riesigen Geräte mit dem Standfuß. Kannst du dich an die noch erinnern?"

Franzi nickte lachend. „Und ob! Meine Oma hatte so ein Monschtrum im Schrank im Flur stehen. I fand des immer total gruslig, des Teil!"

Helena grinste. „Ging mir genauso! Meine Tante hatte auch so ein Ding und ich hatte immer das Gefühl, dass es irgendwie lebendig ist. Das hatte so ein Licht am Fußteil und einen Riesenlärm hat das gemacht."

Franzi biss von ihrer Breze ab und kaute nachdenklich.

„Aber was i net versteh, wer kauft denn heutzutage no so ein Monschtrum?"

„Die Firma hat sich natürlich längst an den Markt angepasst", sagte Helena. „Die vertreiben inzwischen kabellose, batteriebetriebene Geräte und bewerben auf ihrer Seite außerdem diese kleinen runden Saugroboter."

„Davon hab i scho mal g'hört", erwiderte Franzi. „Aber nur die Vorstellung, was der Waschtl zu so 'nem Teil sagen tät …"

Helena schmunzelte. „Begeistert wäre er sicherlich nicht, dein Waschtl."

„Der Martin hat also zwanzig Jahre lang als Staubsaugervertreter gearbeitet", sagte Franzi nachdenklich. „Er hat mir erzählt, dass er in 'ner kleinen Wohnung in Stuttgart lebt, also kann sein Gehalt net grad üppig gewesen sein."

„Na ja, als Vertreter hatte er sicher eine Gewinnprovision, was in dieser Branche wohl üblich ist. Soviel ich bis jetzt herausbekommen habe, sind allerdings die Verkäufe der Herford AG in den letzten Jahren immer weiter gesunken. Schon seit Jahren wird spekuliert, wann die Firma Insolvenz anmeldet."

„Des wär für Martin sicher schlimm gewesen! In seinem Alter no 'nen neuen Job anfangen … Den hätte doch niemand mehr eing'schtellt, immerhin war er schon um die sechzig."

„Stimmt", seufzte Helena. Sie schob ihren leer gegessenen Teller zur Seite. „Leute in dem Alter tun sich immer wahnsinnig schwer, neu anzufangen."

Nun war die Reihe an Franzi. „I hab leider no net viel Neues. I hab den Eddie immer no net erreicht, drum hab i einfach mal die eingetragenen Daten im Register abgerufen. Auf den Martin war nur ein Auto zug'lassen, des ihm scho seit über fünfzehn Jahren gehört hat. Außer zwei Bußbescheiden wegen Falschparkens ist er strafrechtlich nie auffällig geworden. Seinen Wohnsitz hatte er übrigens am Rand von Stuttgart, in 'ner eher weniger gut betuchten Gegend. Sein Kontostand war auch eher mittelmäßig, mit 'nem niedrigen vierstelligen Betrag, allerdings hat er au keine Schulden g'habt bei der Bank, bis auf ein Darlehen über zwanzigtausend Euro, das er aber längst abbezahlt hatte. Alles in allem ein unbescholtenes Arbeiterleben ..."

„Was ist mit seiner Ex-Frau?"

„Martins Frau Sabine ist vor vierundzwanzig Jahren an Krebs verstorben. Er hat den Eddie danach allein aufgezogen und nicht wieder geheiratet."

„Also bislang noch keine Anzeichen für ein Motiv ..."

„Nein, und i kann mir au beim beschten Willen net vorstellen, wer so jemandem Harmlosen wie dem Martin was tun sollte", erwiderte Franzi kopfschüttelnd.

„Auweia", sagte Helena nach einem Blick auf die Uhr, „wir müssen los."

Sie räumten ihr Geschirr auf den bereitstehenden Tisch neben dem Kiosk und gingen zurück ins Präsidium.

Um Viertel vor drei verabschiedete sich Franzi von ihrer Partnerin, um den Termin beim Notar wahrzunehmen. Helena hatte sich auch keinen Reim auf die mysteriöse Einladung machen können und wartete gespannt auf Franzis Bericht.

Der Weg durch die Innenstadt dauerte etwas länger, als sie angenommen hatte, sodass es bereits kurz nach fünfzehn Uhr war, als Franzi ihren Drahtesel an einer Laterne vor der Kanzlei Knoll befestigte. Das Gebäude lag im ehemaligen Textilviertel in der Augsburger Innenstadt und machte ganz schön was her mit seiner schmucken Backsteinfassade. Hier war früher das Herz der berühmten Augsburger Textilfabriken gewesen.

Nachdem Franzi vergeblich versucht hatte, die Eingangstür aufzudrücken, betätigte sie den Klingelknopf, über dem eine edle Messingplatte angebracht war, die verriet, dass sie zur Kanzlei gehörte.

Die Tür surrte augenblicklich, sodass Franzi eintreten konnte. Staunend ging sie den langen Gang mit den edlen Marmorfliesen entlang, bis sie vor einer Glastür ankam, auf der in goldenen Lettern *Notariat Knoll* prangte. Die Tür ließ sich öffnen und Franzi stand gleich darauf vor einer Rezeption, hinter der eine junge, adrett gekleidete Frau saß und sie freundlich anlächelte.

„Guten Tag, was kann ich für Sie tun?"

„Grüß Gott, i bin die Franziska Danner. I hab ein Einschreiben von Ihnen gekriegt, auf dem stand, dass i mi heut bei Ihnen melden soll."

„Ah, Frau Danner! Sehr schön, dass Sie es einrichten konnten. Die Herren warten schon auf sie."

Die Dame wies auf eine robuste Eichentür den Gang hinunter.

Franzi bedankte sich und fragte sich, wer wohl *die Herren* waren, die sie erwarteten. Nun, sie würde es ja gleich herausfinden. Bei der Tür angekommen, klopfte sie kurz, bevor sie sie öffnete.

Als sie das Büro betrat, staunte sie nicht schlecht. An einem massiven Tisch saßen sich zwei Männer gegenüber. Ein älterer Herr in Anzug und Krawatte, bei dem es sich sicherlich um Notar Knoll persönlich handelte und …

„Eddie", stieß sie überrascht hervor, „was machsch du denn hier?"

Eddies Gesichtsausdruck sprach Bände, als er sagte: „Das Gleiche könnte ich dich auch fragen!"

Franzi wunderte sich über seinen Ton, als sich der Notar an sie wandte.

„Frau Danner, nehme ich an."

Sie nickte.

„Bitte nehmen Sie doch Platz." Er deutete auf den freien Stuhl neben Eddie. „Ich freue mich sehr, dass es Ihnen beiden möglich war, mich heute noch aufzusuchen, doch die Sache erfordert keinerlei Aufschub."

„Wenn Sie endlich sagen würden, worum es eigentlich geht!", sagte Eddie mit genervtem Unterton.

„Gemach, Herr Witting. Wie ich Ihnen bereits mitteilte, haben wir lediglich noch die Ankunft von Frau Danner abwarten müssen, doch da sie nun hier ist, können wir nun beginnen."

Franzi blickte fragend zu Eddie, der jedoch stur geradeaus sah.

Der Notar nahm einen großen Briefumschlag, der vor ihm auf dem Tisch gelegen hatte, in die Hand.

„Wie Sie beide sehen, ist der Briefumschlag versiegelt. Ich wurde angewiesen, ihn im Todesfall von Frau Marie Witting umgehend zu öffnen."

Franzi blieb der Mund offen stehen. *Marie*, dachte sie verwirrt, *was soll das hier werden?*

„Meine Oma ist aber schon ein paar Tage tot", blaffte Eddie, „da kann ja wohl von *umgehend* keine Rede sein!"

Herr Dr. Knoll sah Eddie über den Rand seiner Lesebrille hinweg an.

„Sie haben recht, Herr Witting, doch ursprünglich war Ihr Herr Vater geladen und hätte mit mir bereits vor ein paar Tagen einen Termin gehabt. Leider ist er in der Zwischenzeit verunglückt, wie ich erfahren musste, weshalb der Termin nicht zustande gekommen ist. Daher greift nun der zweite Teil meiner Anweisungen, weshalb ich Sie und Frau Danner eingeladen habe."

„Weshalb Frau Danner? Sie gehört doch nicht zur Familie!"

Franzi hörte deutlich den verärgerten Unterton in Eddies Stimme heraus. Ein wenig wunderte sie sich schon über sein Gebaren, aber insgeheim musste sie ihm recht geben. Sie gehörte ja wirklich nicht zur Familie!

„Herr Witting, ich führe lediglich die Anweisungen meiner Mandantin aus. Wenn ich jetzt bitte fortfahren dürfte?"

Eddie nickte knapp.

„Wie ich bereits sagte, ist der Umschlag versiegelt. Meine Mandantin hat mich angewiesen, Ihnen zunächst eine Frage zu stellen, bevor ich den Umschlag vor Ihren Augen öffne."

Gespannt sah Franzi zu Dr. Knoll, der eine Mappe aufschlug und ihr ein Blatt entnahm.

„Es geht um einen Herrn Gustav", sagte der Notar und sah sie über den Rand seiner Brille hinweg an, „einen Kurzhaardackel".

Eddie verdrehte die Augen.

„Frau Witting wollte zunächst geklärt haben, wer sich nach ihrem Tod um ihr geliebtes Haustier kümmern wird."

„Das werd i tun", erklärte Franzi. „Wir beide haben uns diesbezüglich bereits abgesprochen." Sie deutete auf Eddie, der zu ihren Worten nickte. Endlich verstand Franzi, warum sie zu dem Treffen geladen worden war. Marie musste geahnt haben, dass sie ihren geliebten Herrn Gustav aufnehmen würde.

„Herr Witting, entspricht die Aussage von Frau Danner auch Ihrem Wunsch?"

„Ja, klar, was soll ich denn mit einem Dackel? Sie hat ja schon so ein Viech!"

Franzi wollte aufbegehren. Was fiel denn dem unverschämten Kerl ein, ihren Waschtl als „Viech" zu bezeichnen? Der hatte sie doch nicht mehr alle! Bevor sie etwas sagen konnte, sprach der Notar weiter.

„Wenn Sie sich einig sind, würde ich Sie bitten, dieses Dokument zu unterzeichnen, in dem Frau Danner die Vormundschaft über Herrn Gustav zugesprochen wird."

„Was soll denn das?", rief Eddie. „Sie stehlen mir hier nur meine Zeit! Ich hab doch gesagt, dass sie den Köter kriegen soll, du meine Güte! Was wird denn da für ein Staatsdrama draus gemacht?"

„Herr Witting, Sie werden verstehen, dass alles seine Ordnung haben muss. Ihrer Großmutter war der Verbleib ihres Haustieres sehr wichtig."

„Na gut", seufzte Eddie widerwillig, „wo soll ich unterschreiben?"

„Wenn Sie bitte hier unten unterzeichnen würden?"

Eddie nahm den Stift und setzte seine Unterschrift unter das Dokument, das ihm der Notar über den Tisch schob. Anschließend unterschrieb auch Franzi und reichte das Dokument dem Notar zurück.

„Vielen Dank", sagte er, bevor er das Blatt wieder in seiner Mappe verstaute. „So, nun kommen wir zu dem Umschlag."

Er nahm einen kleinen goldenen Brieföffner und schlitzte geschickt die Seite des Umschlages auf. Anschließend zog er ein Blatt Papier heraus.

„Der letzte Wille von Frau Marie Witting", verlas er laut und deutlich. Zunächst folgten Geburtstag und Geburtsort der Verstorbenen. Anschließend das Datum des Testaments. Franzi war überrascht zu hören, dass Marie erst vor ein paar Monaten ihren letzten Willen hatte beurkunden lassen.

„Ich lese Ihnen nun den direkten Wortlaut des Testaments vor", sagte der Notar. „Hiermit ist es mein ausdrücklicher Wille, dass für meinen liebsten Herrn Gustav ein liebevolles Heim gefunden wird. Der kleine Herr hat es verdient, gut behandelt zu werden. Er hat mir in meinen letzten Lebensjahren sehr viel Freude bereitet, war immer für mich da und ist mir nie von der Seite gewichen. Da die Besuche der Familie immer seltener wurden, war er mein größter Halt."

Franzi schielte zu Eddie, der sich bei den Worten des Notars jedoch nichts anmerken ließ. Sie wunderte sich nicht über die Worte ihrer Freundin. Marie hatte ihr oft genug erzählt, wie traurig es sie machte, dass sie so wenig Besuch bekam. Natürlich hatte sie Verständnis dafür gehabt, dass sowohl Martin als auch Eddie ihr eigenes Leben führten, aber Franzi wusste genau, wie weh es ihr getan hatte, nicht mal am Geburtstag besucht zu werden.

„Daher ist es mein ausdrücklicher und erklärter Wille, dass derjenige, der sich um Herrn Gustav kümmern wird, mein Haus, das dazugehörige Grundstück und meine Barschaft erben soll."

Eddie wurde blass und auch Franzi fiel die Farbe aus dem Gesicht.

„Das kann doch nicht sein!", schrie Eddie. „Was für eine Farce ist denn das?"

„Beruhigen Sie sich, Herr Witting", sagte der Notar streng. „Ich bin mit der Verlesung des Testaments noch nicht fertig."

Er wartete kurz ab, um Eddie Zeit zu geben, sich zu fangen, bevor er weiterlas. „Ich gehe zum jetzigen Zeitpunkt fest davon aus, dass du, meine liebe Franzi, diejenige sein wirst, die sich um Herrn Gustav kümmern will. Du bist eine Seele von Mensch und mein Liebling wird sich bei dir sicherlich sehr wohlfühlen. Lieber Martin, lieber Eddie, ihr habt vermutlich keine Zeit, euch um ein Tier zu kümmern. Dafür verurteile ich euch nicht! Doch bitte respektiert meinen Wunsch, wie ich ihn hier niedergeschrieben habe. Franzi ist mir eine sehr liebe Freundin geworden, mit der ich viele gemütliche Stunden verbracht habe. Ihr beide seid gestandene Männer, die ihren Weg, wenn auch fern von Augsburg, gehen werden.

Dir, lieber Martin, vermache ich die Standuhr im Wohnzimmer, die dir als kleiner Junge schon so gut gefallen hat. Möge sie dich immer an mich erinnern!

Und dir, lieber Eddie, vermache ich die große Kommode, die in meinem Schlafzimmer steht und die dein Opa, Gott hab ihn selig, in Handarbeit angefertigt hat. Damit ist immer ein Teil von uns bei dir. In der obersten Schublade findest du ein Kuvert. Ich hoffe, dass dir der Inhalt des Kuverts nützlich ist."

„Ein Kuvert? In einer alten Kommode?", schrie Eddie, „Was soll ich denn mit einer Scheißkommode? Noch dazu ist die verbrannt, so wie der Rest von Omas Zeug!"

„Herr Witting!", rief ihn der Notar scharf zur Ordnung. „Ich darf doch sehr bitten!"

Franzi war immer noch fassungslos. Sie überlegte, dem Notar gleich zu sagen, dass sie das Erbe nicht antreten würde. Auf keinen Fall wollte sie Eddie noch mehr Kummer machen, als er eh schon hatte!

„Ich lese nun den Rest vor", fuhr der Notar fort und sah ernst in die Runde. „Liebe Franzi, ich kenne dich so gut! Ich kann mir lebhaft vorstellen, wie unangenehm dir die Situation gerade ist. Bitte tu mir den Gefallen und akzeptiere meinen letzten Willen! Das ist mein größter Wunsch! Du warst nicht nur eine liebe Freundin für mich, du warst die Tochter, die ich niemals hatte. Ohne dich wären meine letzten Jahre einsam gewesen. Doch du hast immer wieder bei mir nach dem

Rechten gesehen, hast dir Zeit genommen für unsere Pläuschchen im Garten und wenn ich krank war, hast du sogar für mich eingekauft und gekocht."

Franzi liefen Tränen über die Wangen. All diese Dinge waren selbstverständlich für sie gewesen. Dass sie Marie so viel bedeutet hatten, war ihr nicht klar gewesen. Sie hatte sich doch selbst immer gefreut, ihre alte Freundin zu sehen. Niemals hätte sie das als Last empfunden!

Den Rest des Testaments nahm sie nur noch am Rande wahr. Sie war völlig in Gedanken versunken und erschrak daher fürchterlich, als neben ihr der Stuhl umfiel.

Eddies Gesicht war zu einer wütenden Maske verzerrt.

„Das lass ich nicht mit mir machen!", schrie er erbost. „Meine Oma war sicher nicht mehr im Vollbesitz ihrer geistigen Kräfte, als sie das Testament verfasst hat! Ich werde das anfechten, hören Sie?!"

Er fuchtelte wild mit dem Zeigefinger vor dem Gesicht des Notars herum, der keine Miene verzog.

„Das steht Ihnen selbstverständlich frei, Herr Witting", antwortete er ruhig. „Ich möchte Sie jedoch darauf hinweisen, dass Ihre Frau Großmutter sehr wohl geistig fit war, als sie das Testament verfasst hatte, was ich auch bezeugen würde. Vielleicht denken Sie noch mal in Ruhe darüber nach, ob es Ihnen nicht doch möglich ist, den letzten Willen Ihrer Großmutter zu respektieren."

„Sie haben sie ja nicht mehr alle!", schrie Eddie außer sich vor Zorn, bevor er aus dem Zimmer stürmte und die Tür hinter sich zuwarf.

„Es … Es tut mir leid." Franzi sah den Notar bestürzt an.

Der Notar schüttelte den Kopf. „Das muss Ihnen doch nicht leidtun, Frau Danner. Wissen Sie, ich habe schon so viele Menschen erlebt, die Testamente angefochten haben und vor Gericht die Kontrolle über sich verloren haben. Es wundert mich nicht, dass Herr Witting wütend ist. Doch bedenken Sie, dass er kurz zuvor einen schweren Verlust erlitten hat … Da befindet man sich wahrlich in einer Ausnahmesituation." Er räusperte sich und rückte seine Brille zurecht. „Wenn ich mir die Anmerkung erlauben darf, Frau Danner: Frau Witting hat immer in den höchsten Tönen von Ihnen gesprochen. Sie war sich sehr sicher, dass Sie ihren Dackel ohne zu zögern aufnehmen würden. Und das haben Sie ja auch getan, nicht wahr?"

Franzi nickte zögerlich. „Aber i will keinen Streit mit Eddie", sagte sie leise. „Er hat erst kürzlich seine Oma und seinen Vater verloren und jetzt hat er au no Ärger wegen mir!"

„Sie haben ihm doch keinen Ärger bereitet! Frau Witting wollte sicherlich nicht, dass Sie sich ihretwegen grämen! Ich schlage vor, Sie lassen sich ein wenig Zeit, über alles in Ruhe nachzudenken. Ich bin zuversichtlich, dass auch Herr Witting mit etwas Abstand anders über die Sache denken wird."

Notar Knoll erhob sich, woraufhin auch Franzi aufstand.

„Das Original liegt dem Gericht bereits vor. Sie werden von dort demnächst eine Kopie für Ihre Unterlagen erhalten, sobald es das Testament offiziell eröffnet hat", sagte er freundlich. „Nochmals vielen Dank, dass Sie es so schnell einrichten konnten zu kommen!"

„Keine Ursache."

Franzi verabschiedete sich und verließ das Notariat. Als sie an der frischen Luft stand, atmete sie ein paar Mal tief durch.

„Hast sie ausgenommen wie eine Weihnachtsgans!", ertönte eine gehässige Stimme in ihrem Rücken.

Franzi fuhr herum und sah sich Eddie gegenüber, der mit übereinander gekreuzten Armen an die Wand gelehnt stand und sie wütend anfunkelte.

„Was fällt dir ein!", schrie sie aufgebracht.

Eddie schnaubte verächtlich. „Hast dich ein wenig lieb Kind bei der Oma gemacht und schon hat sie dir alles vermacht. Bravo! Ein Meisterstück!"

„Weißt du was, Eddie", erwiderte Franzi ganz ruhig, „du tust mir leid! Wie kannst du nur so verbohrt sein? Ich hatte keine Ahnung, was Marie vorhat! Und wenn ich es gewusst hätte, hätte ich es ihr ausgeredet! Doch das kann ich ja jetzt nicht mehr!"

Sie öffnete ihr Fahrradschloss und setzte sich auf ihr Rad.

„Melde dich bei mir, wenn du dich wieder gefangen hast, ja?"

Sie wartete seine Antwort nicht ab, sondern trat in die Pedale, seinen anklagenden Blick im Rücken spürend, bis sie endlich um die Ecke bog.

Auf dem Rückweg schwirrten ihr Hunderte Gedanken gleichzeitig durch den Kopf. Es fiel ihr schwer, sich zu konzentrieren, daher fuhr sie nicht mehr ins Präsidium, sondern nahm gleich den Weg nach Göggingen. Es war sowieso Feierabend und Helena war sicher auch schon heimgegangen. Als sie daheim ankam, staunte sie nicht schlecht, als sie Helenas Auto in ihrer Einfahrt sah. Die Freundin stieg aus, als Franzi vom Fahrrad stieg.

„Was machsch du denn hier?", fragte Franzi, von der Fahrt noch ganz außer Atem.

Helena grinste. „Na, ich war halt neugierig. Was wollte denn der Notar von dir?"

Franzi stöhnte.

„So schlimm?", fragte Helena mitfühlend.

„Schlimmer! Komm rein, dann erzähl i dir alles."

„Gern. Ich hab auf dem Weg noch ein paar Sachen eingekauft. Dann könnten wir nachher noch zusammen Abend essen. Was meinst du?"

„I mein, dass des eine verdammt gute Idee isch!"

7.

Ein Lichtstrahl fiel genau auf Franzis Gesicht und weckte sie. Schläfrig räkelte sie sich im Bett und gähnte herzhaft. Verschlafen sah sie auf die Uhr. Bereits halb zehn! So lange schlief sie normalerweise nie!

Sie setzte sich im Bett auf und streckte sich, bevor sie nach den Hunden sah. Der Anblick ließ ihr augenblicklich warm ums Herz werden. Waschtl lag friedlich in seinem Körbchen und sah sie aufmerksam an. Wie sie selbst war er kein Langschläfer und sicherlich schon länger wach. Herr Gustav lag dicht an ihn gekuschelt und schlief noch tief und fest.

Als Franzi leise aufstand, rechnete sie fest damit, dass Waschtl ihr wie immer folgen würde, doch der große Hund blieb liegen. Sicherlich wollte er seinen kleinen Freund nicht wecken!

Als Franzi aus der Dusche kam, standen aber beide Hunde schwanzwedelnd vor dem Bad. Der kleine Langschläfer war also inzwischen ebenfalls aufgewacht.

„Kommt mit in die Küche, ihr zwei! I mach uns a schönes Frühstück", sagte Franzi und winkte den Hunden, ihr zu folgen.

Das ließen sich die beiden nicht zweimal sagen. In der Küche konnten sie es kaum mehr erwarten, bis Franzi ihre Näpfe endlich ordentlich gefüllt hatte, um sich dann mit Heißhunger darauf zu stürzen.

Franzi verspürte noch keinen Hunger und setzte sich daher nur mit einer großen Tasse Milchkaffee an ihren

Küchentisch und ließ den vergangenen Tag noch mal Revue passieren.

Bis tief in die Nacht hinein hatte sie mit Lena zusammengesessen. Die Freundin hatte ihr dabei geholfen, ihre wirren Gedanken zu ordnen. Inzwischen war Franzi sich sicher, dass Eddie sich wieder einkriegen würde. Natürlich war es überaus ärgerlich, dass sein Anteil des Erbes verbrannt war! Nun würde er niemals erfahren, was Marie in dem Umschlag für ihn aufbewahrt hatte, was Franzi traurig stimmte. Doch Lena hatte ihr klargemacht, dass die Geschehnisse nicht in ihrer Verantwortung lagen. Sie hatte gern Zeit mit ihrer Freundin Marie verbracht! Die gemeinsamen Stunden mit ihr waren für Franzi ein mindestens ebenso großes Vergnügen gewesen, wie für Marie. Nie im Traum hätte sie daran gedacht, dass sie in deren Testament bedacht werden würde. Sie fragte sich noch immer, was Marie wohl geritten hatte, ihr das Haus, Grundstück und ihr Geld zu vermachen! Doch Lena hatte sie gefragt, warum sie Maries Wunsch überhaupt infrage stellte. Das hatte Franzi zum Nachdenken gebracht. Ihre Freundin würde sich schon etwas dabei gedacht haben. Marie war kein wankelmütiger Mensch gewesen. Ganz im Gegenteil! Sie hatte sich stets über alles Mögliche Gedanken gemacht und nie überhastet gehandelt. Wenn Marie also wollte, dass Franzi erbte, hatte sie sich dabei sicherlich etwas gedacht. Auch wenn Franzi überhaupt keine Ahnung hatte, was …

Wie sehr sie die Gespräche mit Marie vermisste! Franzi seufzte tief und nahm einen großen Schluck aus ihrer Tasse. Doch sie war auch zutiefst dankbar, dass sie Lena an ihrer Seite hatte! Lena war ihr in den letzten

Jahren eine richtig gute Freundin geworden. Die beste Partnerin, die sich eine Kommissarin nur wünschen konnte! Aber nicht nur das, Lena war in allen Lebenslagen für sie da und das war unendlich viel wert. Allein der gestrige Abend hatte Franzi wieder einmal deutlich vor Augen geführt, wie wichtig es war, jemanden zu haben, der einen in- und auswendig kannte und für einen da war.

Das Telefon klingelte und Franzi sah auf das Display, bevor sie abnahm.

„Hallo, Nick! Was verschafft mir die Ehre?"

Nachdem sie ein paar Minuten mit Lenas Lebensgefährten gesprochen hatte, legte sie den Hörer wieder auf und schmunzelte. Das war ja eine Überraschung! Was Lena wohl dazu sagen würde? Aber sie durfte ja nichts verraten ... Das hatte sie ihm gerade hoch und heilig versprochen! Lena würde sich sicherlich sehr freuen.

Der Samstag glänzte mit strahlendem Sonnenschein und Temperaturen von gut über zwanzig Grad. Franzi machte einen ausgiebigen Spaziergang mit Waschtl und Herrn Gustav an die Wertach. Auf die Kiesbank traute sie sich nach dem Vorfall neulich noch nicht wieder, auch wenn sie selbst nichts lieber getan hätte, als ihre Füße in das kühle Nass zu tauchen. Aber Erfrischung ging auch anders! Kurzentschlossen schlug sie den Weg zur Kulperhütte ein. Der beliebte Treffpunkt am Ufer der Wertach war wie immer gut besucht. Franzi war schon in ihrer frühesten Kindheit mit ihrem Opa und seinen Hunden hierhergekommen. Damals hatte die Kulperhütte aus einem roten Kiosk und einem kleinen Gastraum bestanden, beides ganz aus

Holz erbaut. Franzis Opa hatte sich beim Kiosk stets sein Weizen schmecken lassen, während Franzi eine Bluna bekommen hatte. Immer hatte man dort jemanden getroffen, den man kannte.

Auch heutzutage war die Kulperhütte ein beliebter Treffpunkt für Jung und Alt. Man konnte im Biergarten leckere Gerichte zu sich nehmen oder auch einfach auf einem großen Stein direkt an der Wertach sitzend ein frisch gezapftes Bier genießen. Der Gastraum war im Zuge der Renaturierung der Wertach neu gebaut worden und wurde von den Augsburgern ebenfalls gut angenommen. Hier konnte man Kaffee und Kuchen oder auch ein Eis für die Kleinen erwerben.

Als Franzi mit den Tieren ankam, hatte sie Glück und ein Biertisch wurde gerade frei. Sie ließ Waschtl von der Leine, der sich gleich darauf in die Büsche schlug und zum Wasser hinab lief, während sie Herrn Gustav vorsichtshalber angeleint ließ. Man konnte schließlich nie wissen ... Der kleine Hund nahm ihr die Vorsichtsmaßnahme jedoch nicht krumm, sondern machte es sich unter dem Tisch im Schatten gemütlich und legte seinen Kopf auf die Pfoten. Kurze Zeit später war er auch schon eingeschlafen. Der lange Spaziergang hatte ihn sichtlich erschöpft. Kein Wunder, schließlich hatte der Kleine ja nur drei Beine. Franzi band die Leine um ihren Stuhl und ging zum Kiosk, wo sie ein Radler erstand. Wieder am Tisch angekommen, nahm sie gleich einen tiefen Schluck. Tat das gut! Das eiskalte Getränk erfrischte sie augenblicklich.

„Ja, die Franzi! Des isch ja 'ne Überraschung!"

Erstaunt sah Franzi auf. Vor ihr stand ein hochgewachsener, athletisch gebauter Mann, der eine Baseballcap auf seinen kurz geschnittenen braunen Haaren trug, einen Maßkrug in der Hand hielt und sie breit angrinste.

„I glaub, i spinn! Der Michi! Bisch du's wirklich?"

„Freilich! Sag, darf i mich vielleicht a weng zu dir setzen?"

„Klar! Mensch, dich hab i ja scho ewig nimmer gesehen!"

„I di au net!" Ihr Gegenüber grinste. „I bin grad bei der Mutter zu Besuch. I leb doch schon seit über zehn Jahren in Nürnberg, weißsch?"

Franzi grinste ebenfalls. „I hab scho gehört, dass es dich der Liebe wegen nach Franken verschlagen hat. Alles gut bei dir?"

„Alles beschtens! Inzwischen hab i zwei süße, kleine Töchter, kannsch dir des vorstellen? I als Familienvater!" Er lachte. „Die hab i heut mitsamt der Frau bei der Mama g'lassen und beschlossen, 'nen kleinen Ausflug zur Kulperhütte zu machen. Hier trifft man ja doch immer jemanden!"

Franzi schmunzelte. „Wie immer halt."

„Sag mal, Franzi, die Mama hat g'sagt, dich hat's zur Polizei verschlagen. Stimmt des etwa?"

Franzi nickte. Sie berichtete von ihrer Ausbildung und erzählte ein wenig über ihre Arbeit.

„Du bisch also 'ne waschechte Kommissarin? Net schlecht! Na dann: Proscht, Franzi!"

„Proscht, Michi!"

Sie stießen mit den Krügen an, bevor sie tranken.

„Sag mal, du hasch aber 'nen g'hörigen Durscht!"
Franzi beobachtete bewundernd, wie ihr Gegenüber
beinahe die Hälfte seines Maßkrugs in einem Zug
leerte.

„Mei, früher hab i no die ganze Maß auf einen Zug leeren können", erwiderte er und wischte sich mit dem
Handrücken den Schaum von der Oberlippe.

„Des waren no Zeiten!", bemerkte Franzi grinsend.

„Ja genau, damals, als no die ganze Clique beisammen
war! Der Oberhammer Rudi, der Zeitler Robert, der Huber Norre und natürlich unser Maradona, der Witting
Eddie ... Die ganze Mannschaft halt!"

„Und wir Mädels ham euch immer zugejubelt bei euren Heimspielen."

„Freilich! Des gehört sich doch so!" Er nahm einen
weiteren Schluck. „Mei, des wär a Sach, wenn man mal
alle wieder zusammentrommeln tät! Sag mal, hasch du
eigentlich no Kontakt mit jemandem von damals?"

Franzi nickte. „Die Susi seh i meischtens beim Einkaufen. Die arbeitet immer no bei dem kleinen Supermarkt bei mir um die Ecke, weißsch? Und der Zeitler
Robert isch inzwischen ein hoch angesehener Anwalt.
So a richtiger Schnösel. Den seh i manchmal, wenn i
aufs Gericht muss. Der tut aber meischtens so, als ob er
mi net kennt." Sie lachte glucksend. „I glaub, der fand
des gar net luschtig, als i ihn mal gefragt hab, ob er immer no so langsam läuft wie damals, mit seinen krummen Haxen! Vielleicht hätt i ihn des net vor seinen Kollegen fragen sollen ..."

Michi lachte laut auf.

„Oh mei, Franzi, du hasch di aber au gar net verändert! Du hasch schon immer g'schwätzt, wie dir der

Schnabel g'wachsen ist! Der arme Zeitler!" Er grinste breit. „Und sonscht?"

„Der Eddie isch zurzeit au wieder in der Stadt."

„Wie bitte? Der Maradona höchschtpersönlich gibt sich die Ehre? Wie kommt das denn?"

Franzi erzählte ihm kurz vom tragischen Tod von Eddies Oma und dem Unfalltod seines Vaters. Details ließ sie dabei jedoch aus. Die gingen ihr Gegenüber schließlich nichts an.

„Mei, der Arme! Des isch aber scho heftig, wenn man Oma und Vater fascht gleichzeitig verliert!" Kopfschüttelnd nahm Michi einen weiteren Schluck. „I hätt damals schwören können, dass der Eddie mal Profi wird, ehrlich! Wie der hat spielen können!"

Franzi nickte. „Ja, der war scho gut, der Eddie."

„Und Weiber hat der g'habt! An jedem Finger eine! Alle ham se geschwärmt von unsrem Fußballgott! Zum Schluss hin war der scho a weng eingebildet, muss i sagen."

Franzi lachte. „Kein Wunder! Der Eddie war ja wirklich beliebt bei den Frauen!"

„Irgendwann hat er dann die Mannschaft verlassen und den Verein gewechselt. I glaub, der isch damals ins Württembergische, aber genau weiß i des nimmer." Michi schob nachdenklich seine Kappe nach hinten und kratzte sich an der Stirn. „Irgendjemand hat erzählt, dass er wohl kurz danach aufgehört hat. Aber was er dann g'macht hat ... Keine Ahnung. Weißsch du da was?"

Franzi schüttelte den Kopf. „Darüber ham wir net geredet. Hat sich au net ergeben."

„Denk ich mir. Der Eddie hat jetzt auch andere Dinge im Kopf."

„Stimmt wohl."

Nach einer weiteren Stunde Schwelgen in der Vergangenheit brach Franzi wieder auf. Michi hatte inzwischen andere Bekannte entdeckt, und sie hatte die Gunst der Stunde genutzt, um zu gehen. Sie freute sich auf ihre Terrasse, wo sie es sich mit einem Buch gemütlich machen wollte.

Auf dem Heimweg lief sie an Maries Grundstück vorüber – das nun ihr gehörte! Wirklich unglaublich! Lange wollte sie nicht bleiben, aber irgendwas zog sie immer wieder zum Ort des Geschehens zurück.

„Sie schon wieder!", sagte jemand schnippisch.

Franzi sah sich suchend um und entdeckte dicht an der Grundstücksgrenze Frau Klein, die mit einem Meterstab in der Hand dastand und finster in ihre Richtung sah.

„Ihnen au einen schönen guten Tag, Frau Klein", säuselte Franzi. Eine Bewegung hinter der neugierigen Nachbarin erregte Franzis Aufmerksamkeit. Sie sah Herrn Klein aus dem Schuppen kommen. Als er sie erblickte, drehte er sich auf dem Fuß um und verschwand wieder im Inneren des Gebäudes. Ein seltsamer Kauz! Sie wandte sich an seine Frau.

„Was machen'S denn da? Messen'S vielleicht Ihren Zaun nach, ob der no richtig steht?"

„So ein Schmarrn!", keifte Frau Klein. „Nicht dass Sie des was angehn tät, aber ich vermesse lediglich die Grundstücksgrenze. Immerhin kommt bald ein großes Stück Grundstück hinzu. Dort werden wir uns einen schönen Pool bauen lassen, nur für uns zwei!" Hochmütig sah sie Franzi in die Augen.

„Echt?", fragte die unschuldig. „Was soll denn da dazukommen?" Sie sah sich nach allen Seiten um und tat, als suchte sie etwas.

Frau Klein lachte höhnisch. „Jetzt tun's doch net so! Sie wissen genau, wovon ich spreche!"

Franzi schüttelte den Kopf. „I hab echt keine Ahnung. I wüsste von keinem Grundstück hier, das verkauft werden soll."

„Mei, da können Sie noch so dagegen wettern", Frau Klein grinste schadenfroh, was ihre spitze Nase eigentümlich hervortreten ließ und ihr das Aussehen eines Raubvogels verlieh, „aber der Herr Witting und wir sind uns bereits handelseinig, dass Sie's nur wissen. Er ist froh, wenn er das Grundstück los ist, und wir wollten sowieso schon lange vergrößern."

„Soso", sagte Franzi, „Sie sind sich also einig mit dem Eddie." Sie machte eine kurze Pause, bevor sie fortfuhr. „Sehen Sie, Frau Klein, die Sache isch nur die: Der Eddie hat gar kein Grundstück zu verkaufen, also können Sie sich auch net einig mit ihm sein."

„Was reden Sie denn da, Sie unverschämte Person, Sie?", rief die Klein. „Ist Ihnen die Sonne heute net bekommen, oder was?"

„I mein ja nur, dass Sie Ihre Pläne vielleicht auf Eis legen müssen, des isch alles", antwortete Franzi lächelnd. „Habe die Ehre, Frau Klein."

Grinsend drehte sie sich um und lief mit den Hunden in den kleinen Weg, der sie in Richtung ihres Zuhauses führte. Das hatte gutgetan! Eins wusste sie mit absoluter Sicherheit: An Frau Klein und deren Mann würde sie Maries Grundstück niemals verkaufen!

Das wunderschöne Wochenende war viel zu schnell vorüber. Als Franzi am Montagmorgen ins Büro kam, konnte sie nicht glauben, wie schnell die Zeit verronnen war. Sie fühlte sich rundum erholt und voller Elan und als sie Lena eifrig tippend im Büro antraf, wusste sie, dass es der Freundin genauso erging.

„Morgen, Lena! Hasch a schönes Wochenende g'habt?", fragte sie, während sie ihren Fahrradhelm an den Garderobenständer hängte.

„Guten Morgen, Franzi." Helena sah auf und lächelte. „Ja, danke. Ich hätte mir zwar gewünscht, dass Nick mehr Zeit für mich hat, aber was soll's. So hab ich es mir halt allein gemütlich gemacht."

Franzi schmunzelte. Soso ... Nick hatte also keine Zeit gehabt. Was der wohl plante? Sie drehte sich von Helena weg, um sich nicht zu verraten. Es war nicht an ihr, Nicks Geheimnis auszuplaudern.

Kaum dass Franzi Platz genommen hatte, klingelte das Telefon. Die Beamtin vom Empfang kündigte Besuch an.

„Stell dir vor, Lena, der Eddie isch da", sagte Franzi erstaunt, nachdem sie aufgelegt hatte.

„Na, siehst du", erwiderte Helena lächelnd. „Ich hab dir doch gesagt, dass der sich wieder einkriegen wird."

Franzi nickte erleichtert, als es bereits an der Tür klopfte.

„Herein!"
Die Tür öffnete sich und Eddie trat ein.

„Guten Morgen", sagte er leise und blickte schüchtern von Helena zu Franzi.

„Morgen, Eddie", sagte Franzi versöhnlich. „Setz dich doch." Sie deutete einladend auf die Sitzgruppe in der Ecke und erhob sich.

„Soll ich euch allein lassen?", fragte Helena.

„Des isch lieb von dir, Lena, wirklich. Aber bleib ruhig da", antwortete Franzi. Sie wandte sich an Eddie. „Oder stört es dich, wenn die Lena da isch?"

Eddie schüttelte den Kopf und hob abwehrend die Hände. „Natürlich nicht."

„Also", sagte Franzi, als sie Eddie gegenüber Platz genommen hatte, „was kann i für dich tun?"

Eddie räusperte sich. „Ich wollte dich um Verzeihung bitten", sagte er leise. „Ich hab mich schrecklich aufgeführt beim Notar, und das tut mir furchtbar leid!"

Franzi sah aus dem Augenwinkel, wie Helena ihr aufmunternd zublinzelte.

„Ja, des war wirklich net sehr schön. Dabei hättesch du wissen müssen, dass i von nix 'ne Ahnung hatte. I bin doch keine Erbschleicherin net!"

Eddie schüttelte vehement den Kopf. „Natürlich nicht! Das war wirklich unverzeihlich!"

Eine Weile sprach niemand, bevor Eddie die Stille durchbrach. „Weißt du, ich kann den Gedanken einfach nicht ertragen, dass nichts von der Oma übrig geblieben ist! Ich hab gar nichts, wodurch ich mich an sie erinnern kann."

Franzi seufzte. „I weiß! Mir geht's ja ganz ähnlich. Wenn i den Herrn Guschtav net hätt ..."

Eddie nickte schweigend.

Franzi wechselte das Thema. „Du, wir müssen unbedingt noch über den Tod deines Vaters sprechen."

„Über Vaters Tod?" Eddie sah sie erstaunt an. „Was gibt's denn da no zu besprechen?"

„Nun ja, es ist so, dass die Möglichkeit besteht, dass an seinem Auto herummanipuliert wurde, was letztendlich zu dem Unfall geführt haben könnte", sagte Franzi ernst. Auch wenn es ihr schwerfiel, Eddie auch noch mit der Möglichkeit zu belasten, dass sein Vater umgebracht worden war, hatte sie beschlossen, einfach mit der Wahrheit herauszurücken.

„Manipuliert?" Eddie lachte laut auf, eine Reaktion, mit der Franzi nicht gerechnet hatte.

„Was isch jetzt daran bitte luschtig?"

Eddie hob beschwichtigend die Hände. „Entschuldige, Franzi, aber die Sache ist nur so absurd."

Franzi hob die Augenbraue, woraufhin Eddie schnell fortfuhr.

„Weißt du, die Karre von meinem Vater war schon so alt, dass ich ihm zigmal gesagt hab, dass er sich endlich mal ein neues Gefährt zulegen soll. Ich hatte schon immer die Befürchtung, dass ihn das Ding noch mal das Leben kosten würde! Und recht hab ich gehabt! Diese uralte Klapperkiste hat ihn umgebracht, sonst nix! Wer hätte denn auch meinen Vater ermorden sollen! Das ist doch absurd!"

Franzi runzelte die Stirn. „Du scheinst dir ja sehr sicher ..."

„Eigentlich bin ich richtig wütend!", sagte Eddie und seufzte. „So sauer, wie man nur sein kann! Am liebsten würde ich meinen Vater schütteln und ihn anbrüllen, so seltsam sich das anhört. Aber wie oft hab ich ihm gesagt, dass dieses Drecksteil ihn noch mal umbringt? Er wollte einfach nicht auf mich hören!"

Franzi hörte ihm schweigend zu. Martins Auto hatte wirklich schon etliche Jahre auf dem Buckel gehabt. Ob er sich als Staubsaugervertreter einfach kein neues Auto hatte leisten können?

„Sag mal, wie kommt's ihr überhaupt drauf, dass da was manipuliert worden ist?", fragte Eddie nach.

„Die SpuSi hat eine Manipulation bis jetzt net ausgeschlossen", sagte Franzi.

„Und das heißt?"

„Dass die Wahrscheinlichkeit besteht, dass da jemand nachgeholfen hat."

Eddie lachte bitter auf. „Also kann es genauso gut sein, dass das altersschwache Teil einfach so kaputtgegangen ist?"

„Ja, schon. Aber wir müssen halt allen Möglichkeiten nachgehen, damit alles seine Ordnung hat."

„Versteh ich ja, Franzi, wirklich. Aber daran glauben, kann ich beim besten Willen nicht. Mein Vater war ein guter Mensch. Wer hätte ihm denn an den Kragen gehen wollen? Er hat in der Kirche Orgel gespielt und war Mitglied im Schachclub, Herrgott noch mal! So jemanden bringt man doch nicht um!"

Eddie seufzte und fuhr sich mit der Hand durch die Haare.

„Weißt du, Franzi, der Vater war ziemlich knickrig. Der hat immer selbst an seiner Karre rumgeschraubt, um sich die Kosten für die Werkstatt zu sparen. Er hat gemeint, dass die ihm mehr abknöpfen, als nötig wäre.

Wahrscheinlich ist dabei etwas nicht ganz ordnungsgemäß von ihm zusammengeschraubt worden oder so. Wer weiß das schon?" Er hob hilflos die Hände hoch.

Helena schaltete sich in das Gespräch ein. „Können Sie sich vielleicht vorstellen, dass der Tod Ihres Vaters mit dem Ihrer Großmutter zusammenhängen könnte?"

Eddie starrte sie entsetzt an.

„Wie bitte? Das wird ja immer absurder! Vater hat in Stuttgart gelebt und Oma hier in Augsburg. Wie soll denn das zusammenhängen? Und seit wann gehen wir überhaupt davon aus, dass Oma ermordet wurde?", rief er mit hochrotem Kopf.

„Das tun wir ja gar nicht", sagte Helena beschwichtigend. „Wir stellen lediglich Theorien auf und ermitteln in alle Richtungen. Das ist bei Todesfällen, die so kurz hintereinander auftreten, nicht unüblich."

Eddie schien sich wieder etwas zu entspannen.

„Ach so, das wusste ich nicht." Er atmete tief durch. „Das Ganze nimmt mich ziemlich mit", sagte er leise. „Ich würde gerne einen Schlussstrich unter dieses schreckliche Kapitel ziehen und hoffe, dass ich nach den Beerdigungen wieder einigermaßen zur Ruhe finde."

Franzi nickte verständnisvoll. „Des kann i voll verstehn! Des Ganze muss schrecklich für dich sein!"

Eddie nickte betrübt.

„Wisst ihr schon, für wann ich die Beerdigungen planen kann?"

„Leider nein", antwortete Franzi. „Wir warten no auf die Freigabe deines Vaters durch die Gerichtsmedizin."

„Gerichtsmedizin?!", rief Eddie entsetzt. „Was soll das denn?"

„Mach dir keinen Kopf! Das ist reine Routine. Da eine Manipulation des Fahrzeuges net ausgeschlossen werden kann, isch des halt Vorschrift.“

„Da wird die Gerichtsmedizin aber viel zu tun haben, wenn sie bei jedem Verkehrstoten einschreiten muss“, antwortete Eddie mit hochgezogener Augenbraue.

„I sag dir auf alle Fälle glei Bescheid, sobald i was weiß“, sagte Franzi.

„Na gut.“ Eddie erhob sich. „Dann geh ich mal wieder. Noch mal sorry wegen Freitag! Zurzeit bin ich nicht ich selbst.“

„Kein Ding“, antwortete Franzi und begleitete ihn noch zur Tür. „Bis bald!“

Er nickte Helena und Franzi zu und verließ das Büro.

„Na also“, sagte Helena zu Franzi, nachdem die Tür hinter Eddie ins Schloss gefallen war. „Ich habe dir doch gleich gesagt, dass er sich wieder einkriegen wird.“

Franzi nickte. „Stimmt, des hasch du wirklich.“ Sie starrte nachdenklich vor sich hin. „Was hältsch du von seiner Theorie mit Martins Auto?“

Helena zuckte mit den Schultern. „Möglich ist das natürlich schon“, antwortete sie. „Das wäre jetzt ja auch nicht das erste Mal, dass etwas unsachgemäß und laienhaft repariert wurde, was dann zu einem tödlichen Unglück führt.“

„Aber wie soll mer jetzt weiter vorgehen?“, fragte Franzi. „Der Brand, der Unfall … Wir ham bis jetzt keinerlei Anhaltspunkte, die für ’n Fremdverschulden sprechen, bis auf die mögliche Manipulation des Fahrzeuges. Und selbscht die könnte man erklären …“

„Wir gehen systematisch vor, wie immer", sagte Helena gelassen. „So lange wir ein Fremdverschulden nicht ausschließen können, gehen wir einfach mal davon aus, dass genau das der Fall war. Lass uns noch mal genau überlegen, wem daran gelegen sein könnte, Marie und Martin aus dem Weg zu räumen. Sprechen wir von einem Täter oder von mehreren? Das gilt es herauszufinden. Hängen beide Todesfälle zusammen oder handelt es sich hier lediglich um einen grausamen Zufall? Wurde einer von beiden getötet oder beide oder am Ende keiner von beiden?"

Franzi stützte ihren Kopf auf die Hände und stöhnte. „Genau des mein i! Wie soll man denn da no durchblicken?"

„Wir fangen einfach von vorne an", sagte Helena ruhig. „Wer würde denn von Maries Tod profitieren?"

Franzi überlegte. „Zunächst mal der Martin und der Eddie, könnte man annehmen."

„Du meinst wegen des Erbes?"

Franzi nickte. „Aber des ergibt in meinen Augen gar keinen Sinn. Wir ham bisher no keinerlei Anhaltspunkte, dass Martin Schulden hatte. Wofür hätte der so viel Geld brauchen sollen?"

„Was ist mit Eddies Finanzen?"

„Wieso sollte der denn ein Haus mitsamt seiner Oma abfackeln? Er hätte Marie auch einfach um Geld bitten können. Bestimmt hätte sie es ihm nicht verwehrt, wenn er in Not gewesen wäre." Sie hielt kurz inne. „Aber was isch mit Maries Nachbarn, den Kleins?"

Helena horchte auf. „Wieso? Was ist denn mit denen?"

Franzi berichtete ihrer Partnerin von ihren Begegnungen mit der streitbaren Frau Klein und schloss mit ihrer letzten Begegnung am Wochenende.

„Das ist durchaus interessant", meinte Helena nachdenklich. „Die beiden haben offenbar ein ernsthaftes Interesse an dem Grundstück. Wie groß schätzt du die Wahrscheinlichkeit ein, dass Marie an sie verkauft hätte?"

„Niemals hätte sie des gemacht!", antwortete Franzi empört. „Das war doch ihr Zuhause! Wo hätte sie denn au sonscht hinsollen?"

„Schon gut, schon gut", sagte Helena und hob beschwichtigend die Hände. „Versuche, dich noch mal an eure Begegnungen zu erinnern. Jedes Detail kann wichtig sein."

„Hmmm, lass mich mal nachdenken."

Franzi starrte an die Decke, während sie auf ihrem Stift herumkaute. Eine blöde Angewohnheit, die sie nicht loswurde.

„Eine Sache isch scho merkwürdig ..."

„Ja? Welche denn?"

„Jedes Mal, wenn i mit der Frau Klein gesprochen hab, isch der Herr Klein in seinem Schuppen verschwunden."

„Das findest du ungewöhnlich?" Helena runzelte irritiert die Stirn.

„Na ja, beim letzten Mal kam er gerade aus seinem Schuppen und sobald er mi gesehen hat, isch er umgedreht und glei wieder zurück."

Helena nickte nachdenklich.

„Da könnte was dran sein." Sie seufzte. „Aber ich glaube kaum, dass wir bei der dünnen Beweislage einen Durchsuchungsbefehl von der Staatsanwaltschaft erhalten."

„Sicher net. Zumal die Feuerwehr den Brand ja offiziell als Unfall eingestuft hat."

„Also eine Sackgasse", sagte Helena frustriert. „Sonst fällt dir niemand mehr ein, der vom Tod von Marie oder Martin profitieren würde?"

Franzi schüttelte den Kopf. „Beim beschten Willen net, Lena."

„Weißt du was, ich bin noch lange nicht bereit aufzugeben und du doch auch nicht, wie ich dich kenne. Ich stürze mich noch mal auf Martins Umfeld. Seine Arbeit, die Firma, sein Privatleben, die verstorbene Ehefrau … Irgendwo wird sich schon ein Anhaltspunkt ergeben." Fest entschlossen zog sie die Computertastatur zu sich heran.

„Und i kümmer mich mal um die Kleins. Diskret natürlich", sagte Franzi augenzwinkernd. „Und auch den Eddie werde ich mal genauer unter die Lupe nehmen, auch wenn i mir nix davon verspreche."

„Alles klar, dann frisch ans Werk, meine Liebe", antwortete Helena grinsend, bevor sie sich beschwingt an die Arbeit machte.

Als Franzis Magenknurren sie Stunden später daran erinnerte, mal eine Pause einzulegen, war sie mit ihren Recherchen nicht viel weitergekommen. Sie hatte sowohl über Familie Klein als auch Eddie Einsicht in die Finanzen beantragt, doch bis ihr Antrag durchging, konnte noch eine Weile vergehen. Gerade suchte sie nach Einträgen ins Strafregister und wurde weder bei

Eddie noch bei Frau Klein fündig. Sie klickte weiter. Auf einmal setzte sie sich kerzengerade hin.

„I glaub, i spinn!"

Irritiert sah Helena auf. „Was ist denn?"

„Der Klein isch doch tatsächlich scho mal wegen Brandstiftung verurteilt wurden", rief Franzi.

„Wie bitte?" Helena sprang auf und lief um den Tisch herum.

„Da, schau selbscht", sagte Franzi und deutete auf ihren Monitor.

„Franz Klein, geboren im September 1950, wurde im Mai 1969 nach Jugendstrafrecht wegen Brandstiftung zu zwei Wochen Dauerarrest verurteilt", las Helena leise vor. „Anschließend musste er sechs Monate einer gemeinnützigen Arbeit nachgehen." Sie nahm die Maus und scrollte nach unten. „Hier steht was von einer feuchtfröhlichen Feier an der Uni und der Klein hat danach wohl mit zwei Kommilitonen ein Gartenhaus in einem nahe gelegenen Schrebergarten angezündet. Dass das Feuer nachts gelegt wurde, wobei man davon ausgehen kann, dass sich niemand in einem Schrebergarten aufhält, hat den Richter noch mal milde gestimmt." Sie richtete sich wieder auf. „Das ist ja ein Ding!"

„I ruf glei mal bei der Staatsanwaltschaft an und beantrage einen Durchsuchungsbefehl für den Schuppen", sagte Franzi aufgeregt.

„Lass mich das mal machen. Mit dem Huber von der Staatsanwaltschaft kann ich ganz gut."

Sie nahm den Hörer in die Hand und wählte die Durchwahl. Aufgeregt folgte Franzi dem Gespräch, dessen Verlauf jedoch wenig vielversprechend erschien.

„Und?", fragte sie, sobald Helena den Hörer aufgelegt hatte.

„Tut mir leid", sagte Helena achselzuckend, „aber der Staatsanwalt meinte, dass ein vor fünfzig Jahren gelegter Brand eines Gartenhäuschens wohl kaum mit Brandstiftung mit Todesfolge vergleichbar wäre. Außerdem pocht er darauf, dass die Feuerwehr keinerlei Anzeichen von Brandstiftung festgestellt hat, wodurch kein Fremdverschulden zu vermuten ist."

„Des isch doch wohl die Höhe", rief Franzi empört und schlug mit der flachen Hand auf den Tisch. „Endlich ham wir mal 'ne Spur und dann können wir sie net verfolgen!"

Helena nickte. „So ein Mist! Ich hab wirklich gedacht, dass ich was bei dem Huber erreichen kann! Tut mir total leid, Franzi!"

Die winkte ab. „Du kannsch doch nix dafür, wenn die Sesselpupser sich mal wieder an ihren Regeln feschtklammern."

„Wollen wir Mittag machen? Ich glaube, wir haben uns eine Pause verdient."

Franzi nickte. „Prima Idee. Auf was hasch du Luscht?"

„Hmmm", Helena überlegte, „wie wäre es mal wieder mit dem Stadtmarkt? Da waren wir schon ewig nicht mehr, und bei der Gelegenheit könnte ich schnell mal bei Nick vorbeigehen."

Franzi grinste. „Mei, muss Liebe schee sein! Aber im Ernscht, Stadtmarkt isch 'ne tolle Idee! Lass uns gehen."

Eine Viertelstunde später standen sie vor einem der eisernen Tore des Stadtmarktes, das einladend geöffnet war. Der strahlend blaue Himmel hatte viele Menschen ins Freie gelockt. Mütter, die stolz ihre Kinderwagen an den Marktständen vorbeischoben, aber auch Männer in Anzug und Krawatte und Frauen in schicken Kostümen, die die Gunst der Stunde nutzten, auf dem Stadtmarkt ihre Mittagspause zu verbringen.

„Geh du doch schon mal zu Nick und i schau, dass i uns 'nen Platz in der Fleischhalle ergattere."

„Au ja, so machen wir das. Ich bleib auch nicht lange."

„Bleib, solang du willsch", antwortete Franzi grinsend. „Bis glei!"

In der Fleischhalle herrschte großes Gedränge. Franzi quetschte sich an anstehenden Menschen vorbei und suchte eine Zeit lang vergeblich nach einem Platz. Endlich erspähte sie einen Tisch, an dem nur eine Person saß. Sie drängelte sich flink an etlichen Leuten vorbei.

„Entschuldigen Sie", sprach sie den vornübergebeugten Mann an, der genüsslich eine Linsensuppe aß. „Sind hier noch zwei Plätze frei?"

Der Mann sah zunächst irritiert auf, bevor sich ein breites Grinsen auf seinem Gesicht zeigte. Franzi rutschte das Herz in die Hose, als sie Moritz erkannte. Das durfte doch nicht wahr sein!

„Sehr gern, die Dame." Galant zog er den neben sich stehenden Stuhl heraus, damit sie sich darauf niederlassen konnte. „Ich sehe aber nur eine Person."

Franzis Wangen wurden heiß.

„Was ... Was machsch ... Was machsch du denn hier?"

„Essen! Wonach sieht's denn aus?" Mo zwinkerte ihr zu, bevor er seinen Löffel wieder in die sämige Linsensuppe tauchte. „Kann ich übrigens sehr empfehlen, die Suppe. Ist wirklich lecker!"

„Gute Idee", sagte Franzi hastig. Nur nix wie weg! „Ich geh dann mal die Suppe holen."

„Bis gleich", sagte Moritz grinsend.

Franzi lief kopflos die Reihe mit den Verkaufsbuden entlang. Kurz kam ihr der Gedanke, einfach zu verschwinden, doch dann fiel ihr ein, dass Helena ja auch auf dem Stadtmarkt war und sie in der Halle treffen wollte. Sie seufzte und beschloss, sich einfach jede Menge Zeit mit dem Essenholen zu lassen und Moritz würde dann sicher bald verschwinden. Er musste ja zurück an seine Arbeit, wie sie vermutete, da er Arbeitsklamotten trug.

Betont langsam schlenderte Franzi an den Verkaufsbuden entlang, bevor sie sich an dem mit der Suppe anstellte. Ihre Rechnung schien aufzugehen, denn als sie – den vollen Teller vorsichtig vor sich her balancierend – an den Tisch zurückkam, war der Teller vor Moritz bereits leer.

„Das hat aber lange gedauert", sagte er bedauernd.

„Ja mei, du siehsch ja, was hier los isch", antwortete Franzi schulterzuckend, bevor sie sich über ihre Suppe hermachte. Hmmm, die schmeckte wirklich ganz vorzüglich! Als sie aufsah, bemerkte sie, dass Moritz sie beobachtete. Das hatte gerade noch gefehlt! Wenn sie etwas nicht ausstehen konnte, dann beim Essen beobachtet zu werden!

„Du mußsch sicher glei los, oder?", sagte Franzi und bemühte sich, ihrer Stimme einen traurigen Klang zu verleihen.

„Ich hab's nicht eilig", antwortete Moritz lächelnd und lehnte sich mit überkreuzten Armen zurück.

„Mußsch du net arbeiten?" Hoffentlich würde ihn das zum Gehen motivieren.

„Doch schon, aber ein wenig Zeit hab ich noch. Bei so einer bezaubernden Gesellschaft kann ich doch nicht gleich wieder gehen!“, bemerkte er schmunzelnd.

„Und dein Chef sagt da nix?“

„Ich bin selbstständig und mein eigener Boss.“

„Was machsch du eigentlich in der Stadt?“

„Ich helfe bei der Restaurierung des alten Stadtarchivs.“

„Echt? Ins Stadtarchiv wollt i immer schon mal!“

„Da wirst du noch eine Zeit lang warten müssen. Die Restauration wird noch einige ganze Zeit in Anspruch nehmen.“

Moritz berichtete ihr von seiner Tätigkeit und dem Fortschritt der Restaurierungsmaßnahmen. Gebannt hörte Franzi ihm zu und vergaß dabei, dass sie eigentlich beim Essen nicht beobachtet werden wollte. Als ihre Suppe leer war, bemerkte sie ganz erstaunt, wie schnell die Zeit vergangen war.

„Franzi, hier steckst du also!“, vernahm sie plötzlich eine Stimme hinter sich.

Franzi fuhr herum. Lena! Sie hatte ganz vergessen, dass Helena ja auch auf dem Markt war. Ihre Kollegin grinste breit und deutete auf den verbliebenen freien Stuhl. „Darf ich?“

Bevor Franzi antworten konnte, schaltete sich Moritz ein: „Aber sicher doch.“ Helena setzte sich und streckte ihrem Gegenüber die Hand entgegen. „Ich bin übrigens Helena.“

Moritz ergriff ihre Hand und schüttelte sie fest.

„Ich bin der Mo.“ Er musterte Helena interessiert. „Seid ihr zwei Kolleginnen?“

Helena nickte. „Schuldig im Sinne der Anklage. Franzi und ich arbeiten beide bei der Kripo."

„Bei der Polizei … Interessant!", sagte Moritz und sah dabei zu Franzi, die versuchte, sich unsichtbar zu machen, dabei jedoch kläglich scheiterte.

„Willsch du nix essen?", fragte sie Helena, um sie abzulenken.

„Ach weißt du, eigentlich habe ich gar nicht so viel Hunger. Nick hatte noch etwas Quiche von gestern dabei, von der er mir großzügig abgegeben hat. Deshalb habe ich mich auch etwas verspätet. Ich hoffe, du kannst mir noch mal verzeihen!" Sie zwinkerte. „Aber wie ich sehe, hattest du ja beste Gesellschaft …"

Franzi verdrehte die Augen. So wie sie Helena kannte, würde die nun keine Ruhe mehr geben, bis sie haargenau wusste, woher sie Mo kannte.

„Moritz ist ja wirklich sehr nett", sagte Helena auch prompt, kaum dass sie die Fleischhalle verlassen hatten.

„Wie? Kann scho sein."

„Woher kennst du ihn eigentlich?"

„Kennen isch wirklich übertrieben. Wir sind uns mal über den Weg gelaufen."

Helena lachte und hakte sich bei Franzi ein.

„Du glaubst doch nicht im Ernst, dass du mich mit so wenigen Informationen abspeisen kannst, meine Liebe. Auf dem Weg ins Präsidium erzählst du mir alles haarklein, verstanden?"

Franzi seufzte und ergab sich in ihr Schicksal.

Der restliche Nachmittag verlief mehr oder weniger ereignislos. Als Franzi sich von Helena verabschiedete, reifte in ihr bereits ein Plan, von dem sie ihrer Partnerin jedoch nichts erzählte. Lena würde sicherlich niemals zulassen, dass sie so etwas tat und Franzi würde sie nie in so etwas hineinziehen. Immerhin war das nicht ohne Risiko!

8.

Gegen 22.30 Uhr nahm Franzi die Leine vom Haken. Auf dem Rücken trug sie einen Rucksack. Waschtl und Herr Gustav wuselten aufgeregt um sie herum, sichtlich verwundert, dass sie so spät noch mal raus durften.

Franzi leinte Herrn Gustav an, während Waschtl wie üblich frei neben ihr herlief. Zielstrebig schlug sie den Weg zu Maries Grundstück ein. Inzwischen war es stockdunkel. Der kleine Kiesweg war nicht beleuchtet, doch Franzi war ihn so oft gegangen, dass sie ihm mit verbundenen Augen hätte folgen können. Vereinzelt vernahm sie Geräusche von den umliegenden Balkonen, doch da es um diese Uhrzeit relativ kühl geworden war, hielten sich die meisten Leute in ihren Wohnungen auf oder waren bereits zu Bett gegangen.

Als sie aus dem Kiesweg kam, blieb Franzi stehen. Sie stand Maries Grundstück direkt gegenüber. Der Mond versteckte sich wohl gerade hinter Wolken, daher konnte sie kaum die Silhouette der Ruine ausmachen. Straßenlaternen gab es hier nur spärlich, wofür Franzi gerade ausgesprochen dankbar war. Angestrengt lauschte sie in die Nacht. Nichts rührte sich. Flink lief sie über die Straße, bis sie an dem Bauzaun ankam, der Maries Grundstück abriegelte. Herr Gustav winselte leise.

„Pscht, mein Kleiner", flüsterte Franzi, während sie ihm beruhigend über den Kopf strich. „Isch doch alles gut. I brauch heut mal deine Hilfe, okay?"

Sie lief ein paar Schritte weiter, bis sie am Haus der Kleins ankam. Wieder blieb sie stehen und lauschte angestrengt in die Nacht. Alles ruhig. Das Haus selbst lag im Dunkeln.

Franzi bückte sich und löste die Leine. Dann schob sie den Dackel zum Gartentor von Frau Klein.

„Na los, Herr Guschtav, geh ruhig mal vor. I pass scho auf dich auf", sagte sie leise.

Herr Gustav passte problemlos durch den Spalt zwischen zwei Metallstangen und nutzte diesen Umstand umgehend aus. Franzi wandte sich an Waschtl.

„Du wartesch hier und wenn jemand kommt, gibsch du Laut, verstanden?"

Der große Hund sah sie treuherzig an und wedelte mit dem Schwanz. Franzi leinte ihn an, wuschelte noch mal liebevoll durch seine Mähne. Dann befestigte die Leine an einer Zaunlatte, bevor sie angestrengt in den Garten der Kleins spähte. Wo war nur Herr Gustav? Vor dem Haus konnte sie eine Bewegung ausmachen. Der kleine Dackel pinkelte gerade ungeniert mitten in Frau Kleins Blumenbeet. Franzi grinste. Guter Junge!

Sie legte die Hand auf den Griff des Gartentors und versuchte vorsichtig, es zu öffnen. Mist! Zugesperrt! Manche Leute waren aber auch zu misstrauisch! Franzi ging ein paar Schritte nach hinten, nahm mit den Augen Maß, bevor sie nach vorne schnellte und mit einem großen Satz über das Türchen sprang. Puh, das war knapp gewesen! Sie verharrte auf der anderen Seite in der Hocke und lauschte wieder. Hatte jemand etwas bemerkt? Ihr war völlig bewusst, dass sie sich gerade des Hausfriedensbruchs schuldig machte. Die Sache konnte sie den Job kosten, doch sie würde sie durchziehen. Für Marie. Herr Gustav diente ihr als Alibi. Der arme Hund war auf das falsche Grundstück gelaufen, und was hätte sie tun sollen, als ihm zu folgen? Franzi war klar, dass das ein sehr fadenscheiniges Motiv darstellte, aber einen Versuch war es wert. Jeder vernünftige Richter würde ihr wohl sagen, dass Klingeln besser gewesen wäre, als einzubrechen ...

Ihr Alibi kam angewackelt und leckte über ihre Hand. Franzi kraulte ihn unter dem Kinn, bevor sie sich erhob. Im Haus rührte sich immer noch nichts. Mit schnellen Schritten durchquerte Franzi den Vorgarten der Kleins und hielt sich eng am Haus. Endlich näherte sie sich der Rückseite von Maries Haus, das nah an der Grundstücksgrenze gestanden hatte. Immer noch lag leichter Brandgeruch in der Luft. Ein paar Meter weiter tauchte der Schuppen aus der Dunkelheit auf. Nun wurde es knifflig. Wenn die Tür verriegelt war, gab es wenig, was sie tun konnte. Schnell legte sie die letzten Schritte zurück und verharrte vor dem Gebäude. Kritisch betrachtete sie die alte Holztür. Hoffentlich würde sie nicht allzu laut quietschen und damit ihre Anwesenheit kundtun. Kurz überlegte sie, im Notfall über die Grundstücksgrenze auf Maries Grund zu springen, verwarf den Gedanken jedoch gleich wieder. Der Maschendrahtzaun war viel zu hoch und mit Herrn Gustav auf dem Arm würde sie sowieso nicht rüberkommen.

Jetzt oder nie. Sie legte ihre Hand auf das kühle Metall des Türgriffs. Trotz der kalten Luft rannen Schweißtropfen ihren Rücken hinab. All ihren Mut zusammennehmend, drückte sie langsam die Klinke nach unten.

Ein leises Quietschen ließ sie zusammenzucken. Erneut verharrte sie einige Sekunden, bevor sie weitermachte. Sie drückte die Klinke vollständig nach unten. Die Tür öffnete sich! Schnell nahm sie Herrn Gustav auf den Arm und schlüpfte in den Schuppen. Innen ließ sie ihn wieder runter, bevor sie die Tür leise schloss. Es war stockfinster. Man konnte die Hand nicht vor Augen sehen. Sie nahm ihren Rucksack ab und öffnete ihn. Eine Weile kramte sie darin herum, bis sie endlich fand, was sie gesucht hatte. Sie entnahm ihm eine kleine Taschenlampe und betätigte den Schalter. Herr Gustav stand ganz in ihrer Nähe und untersuchte gerade schnüffelnd den geöffneten Rucksack, der neben ihr stand. Der kleine Raum war auf zwei Seiten bis zur Decke mit Regalen voll gestellt. An der dritten Seite hing ein altes Rennrad an zwei Haken. In den Regalen fanden sich allerlei Gartengeräte, alle fein säuberlich einsortiert. Von Rost keine Spur. Die Kleins hielten ihre Sachen tipptopp in Schuss, wie sie neidlos anerkennen musste. Franzis Scheren hingegen sah man nicht wirklich an, dass sie auch mal so schön silbern geglänzt hatten, wie diese hier. Sie führten ihr rostiges Dasein in einem geflochtenen Korb in ihrem Gartenhaus.

Franzi leuchtete weiter. Neben ein paar gebrauchten Dosen Farbe und Lasur, fanden sich sauber aufgerollte Seile, Drähte und jede Menge Schachteln. Nacheinander öffnete sie sie so leise wie möglich. Glühbirnen, Autoteile, Elektrokram, Fahrradflickzeug. Nichts Ungewöhnliches. Sorgfältig verschloss sie die Schachteln wieder. Ganz unten in einem Regal fand sie eine mittelgroße Blechbüchse. Als sie sie herausnahm, wunderte sie sich über ihr Gewicht. Als sie den Deckel öffnete, sah sie, dass die Dose beinahe randvoll mit einem weißen Pulver gefüllt war.

„Interessant", murmelte sie und stellte die Dose auf den Boden. Anschließend entnahm sie ihrem Rucksack ein Beutelchen und schüttete etwas von dem Pulver hinein. Sorgfältig verschloss sie den Beutel wieder und stellte die Dose zurück ins Regal. Anschließend legte sie das Beweisstück in den Rucksack und zog ihn an. Ein letzter Blick durch den Schuppen offenbarte nichts Neues. Sie nahm Herrn Gustav wieder auf den Arm und begab sich auf demselben Weg zurück, den sie gekommen war.

Als Franzi draußen endlich auf dem Gehweg stand, atmete sie tief durch. Noch mal Glück gehabt! Ihre innere Gesetzeshüterin sagte ihr streng, dass sie illegal gefundene Beweismittel vor Gericht sowieso nicht würde verwenden dürfen, doch das war ihr in dem Moment völlig egal. Irgendwas würde ihr schon einfallen, sollte es nötig werden. Sie nahm die Leine vom Zaun und löste sie von Waschtls Halsband, bevor sie Herrn Gustav anleinte.

Wenige Minuten später war Franzi wieder zu Hause. Schwer atmend schloss sie die Tür hinter sich. Puh, was für eine Aktion! Lena würde ihr den Kopf abreißen, wenn sie davon erführe!

Am nächsten Morgen war Franzi schon früh im Präsidium. Sorgfältig beschriftete sie den Beutel mit dem weißen Pulver und sorgte dafür, dass er im Labor schleunigst analysiert wurde. Als Lena gegen acht ins Büro kam, tat Franzi so, als ob sie selbst eben erst gekommen wäre. Ihre Partnerin sollte auf keinen Fall etwas von ihren illegalen Machenschaften gestern

Abend mitbekommen, um sich nicht mitschuldig zu machen, falls ihr die Sache doch noch um die Ohren flog.

Der Tag plätscherte relativ ereignislos vor sich hin. Eine Nachfrage beim Pathologen Dr. Lysander verlief leider ergebnislos. Er beschied Franzi mit knappen Worten, dass er viel zu tun habe und sich zu gegebener Zeit bei ihr melden würde.

Nachdem sie zum gefühlt zehnten Mal per E-Mail im Labor nachgefragt hatte, ob sie schon etwas Neues hätten, wurde sie höflich, aber energisch gebeten, weitere Nachfragen zu unterlassen, da dies den Laborablauf erheblich stören würde. Auch sie würden sich melden, sobald das Ergebnis vorlag.

Mittags machte Franzi einen ausgedehnten Spaziergang im Wittelsbacher Park. Sie hatte keinen Hunger und hoffte, ihre Nerven durch das zügige Laufen zu beruhigen. Helena aß heute in der Kantine, wo sie sich mit einer Kollegin aus einer anderen Abteilung verabredet hatte.

Auch der Nachmittag verlief äußerst unbefriedigend. Alle zehn Minuten klickte Franzi auf den Posteingang, um nur ja keine Nachricht zu verpassen. Und das, obwohl sie wusste, dass der Computer ihr eine neue Mail mit einem Ping ankündigen würde ... Helena verabschiedete sich um halb fünf. Sie wollte noch eine Runde joggen gehen, bevor es Zeit fürs Abendessen wurde.

Die große Bürouhr tickte in Franzis Ohren unerhört laut und schien sich in die falsche Richtung zu bewegen. Maries Tod war inzwischen schon eineinhalb Wochen her und sie hatte immer noch keinen Anhaltspunkt, was wirklich geschehen war. Franzi vermeinte, die anklagenden Blicke ihrer Freundin in ihrem Rücken zu spüren und das laute „Tick – Tick – Tick" der Bürouhr wurde zu „Wer war's?" – „Wer?" – „Wer?" ...

Franzi schüttelte den Kopf. Sie hatte das Gefühl, bald durchzudrehen. Ein derartiges Ohnmachtsgefühl hatte sie noch nie verspürt! Was, wenn sie nie herausfinden würde, was wirklich geschehen war und der Brand endgültig als „Unfall" ad acta gelegt werden würde?

Ihr Handy meldete eine Nachricht und riss Franzi aus ihren Gedanken. Sie nahm ihr Telefon und sah, dass die Nachricht von Eddie kam. Er erkundigte sich, ob sie schon etwas Neues wüsste.

Sie antwortete:

Leider gibt es noch nichts Neues. Bin gerade völlig durch den Wind. Mir geht das alles viel zu langsam!

Ein erneutes Ping meldete kurz darauf seine Antwort:

Mir geht es doch ganz ähnlich! Hast du Lust auf ein Treffen? Vielleicht können wir uns gegenseitig ablenken ...

Franzi dachte nach. Eigentlich eine richtig gute Idee.

Können wir gern machen? Magst du vielleicht nachher zu mir nach Hause kommen? Hab keine Lust auszugehen ...

Sie hatte noch leckere Aufstriche im Kühlschrank und würde auf dem Heimweg ein Baguette besorgen.

*Sehr gern! Dann bin ich in einer Stunde bei dir, okay?
Schick mir nur noch kurz deine Adresse.*

Franzi schickte ihm schnell ihre Daten, bevor sie ihre Sachen zusammenpackte. Gerade als sie den PC herunterfahren wollte, meldete der Posteingang eine Nachricht. Gespannt klickte sie die Mail an. Das Labor! Endlich! Aufgeregt las sie den Bericht. Bei dem weißen Pulver handelte es sich um Kaliumnitrat. Der Begriff sagte Franzi nichts. Es folgte die chemische Zusammensetzung und weiteres Fachchinesisch. Franzi schloss die Mail und gab den Begriff in die Suchmaschine ein. Ihre Enttäuschung war groß, als sie las, dass Kaliumnitrat als Dünger verwendet wurde. Wieder eine Spur, die sich im Nichts auflöste! Sie scrollte weiter runter und stockte. *Gefährlich* stand da, *leicht entzündlich* ... Ihr Herz pochte schneller. Sie spürte, dass sie etwas auf der Spur war! Bingo! Kaliumnitrat war in Deutschland seit 2008 verboten! Ursprünglich als Düngemittel verwendet, konnte es zur Herstellung von Schwarzpulver und anderen pyrotechnischen Mischungen verwendet werden. Es wirkte unter anderem wie ein Brandbeschleuniger!

Aufgeregt lehnte Franzi sich zurück. Nun würde es sich nicht vermeiden lassen, Lena von ihrer nächtlichen Aktion zu berichten. Gemeinsam galt es, zu überlegen, wie sie ihre Entdeckung zur Beweissicherung nutzen konnten. Sollten wirklich die Kleins hinter dem Brand stecken, war Martins Unfall vielleicht doch einfach nur ein Unglück gewesen?

Ein Blick auf die Uhr sagte ihr, dass sie schleunigst losmusste, wenn sie nicht wollte, dass Eddie vor verschlossener Tür stand. Eilig fuhr sie den PC herunter und hängte sich ihre Tasche um. Beim Rausgehen schnappte sie sich ihren Fahrradhelm vom Kleiderständer und verließ auf schnellstem Weg das Präsidium.

Als sie zwanzig Minuten später schwer atmend vor ihrem Haus ankam, parkte Eddie gerade seinen Wagen. Puh, das war knapp gewesen!

Sie bat ihn auf ihr Grundstück und beobachtete gerührt, wie Eddie den kleinen Dackel ausgiebig liebkoste und auch für Waschtl Streicheleinheiten übrig hatte.

Nachdem sie ins Haus gegangen waren, überreichte Eddie ihr eine Flasche Wein.

Gemeinsam deckten sie den Tisch auf der Terrasse. Bei aufgeschnittenem Weißbrot, leckeren Aufstrichen und luftgetrocknetem Schinken ließen sie es sich bei einem Glas Rotwein gut gehen.

„Mann, i bin vielleicht pappsatt!" Franzi stöhnte, nachdem sie den letzten Bissen Brot mit einem großen Schluck Wein hinuntergespült hatte.

„Und ich erst", erwiderte Eddie lachend und strich über seinen Bauch.

Bis jetzt hatten sie es vermieden, über den Fall zu sprechen. Doch Franzi wusste, dass Eddie darauf brannte, Neuigkeiten zu erfahren. Sie würde ihm nichts von dem weißen Pulver sagen, solange sie nicht sicher sein konnte, dass ein Zusammenhang mit dem Brand bestand.

Sie räusperte sich, bevor sie das Gespräch begann. „Es tut mir leid, dass es so lang dauert mit unseren Ermittlungen."

Eddie winkte ab. „Ihr gebt sicher euer Bestes. Aber du wirst verstehen, dass ich mir nichts mehr wünsche, als Oma und Papa zu beerdigen und diese schreckliche Sache abzuschließen. Ich will einfach in mein normales Leben zurück."

Franzi nickte verständnisvoll.

„Mir geht die Sache ja auch mehr als nah, wie du weißsch. I versprech dir, dass i mein Beschtmögliches dafür tue, dass deine Familie Gerechtigkeit erfährt."

„Und dafür bin ich dir überaus dankbar!", antwortete Eddie warm. Er tätschelte Franzis Hand, und sie lächelte ihn an. Daraufhin nahm er ihre Hand fest in seine und hielt sie fest. Mit dem Daumen strich er zärtlich über ihren Handrücken. Franzi erstarrte. Damit hatte sie nicht gerechnet. Flirtete er etwa mit ihr?

„Du, i bring schnell die Sachen rein", sagte sie hastig und stand auf, womit sie ihm ihre Hand entzog.

„Warte, ich helfe dir", erwiderte Eddie und machte Anstalten aufzustehen.

„Nee, nee", sagte sie schnell. „Lass mal! I bin glei wieder da."

Sie räumte das Geschirr auf das bereitstehende Tablett und ging ins Haus. Drinnen stellte sie das Tablett achtlos auf dem Esstisch ab, stützte sich mit beiden Händen auf dem Tisch auf, ließ den Kopf hängen und atmete tief durch. Ihre Gedanken rasten. Eddie und sie? Noch nie war ihr der Gedanke gekommen, dass zwischen ihnen etwas sein könnte! Früher war sie zwar zu allen Fußballspielen seiner Mannschaft gegangen, doch Eddie war immer so umschwärmt gewesen, dass sie gar nicht auf die Idee gekommen wäre, er könnte sich für jemanden wie sie interessieren. Die Mädchen, mit denen er gegangen war, waren alle groß, schlank, modellmäßig gewesen. Sie selbst war nie über die ein Meter siebzig hinausgewachsen und normal gebaut. Schon damals hatte sie eher unkonventionelle Klamotten getragen, die hauptsächlich einen Zweck erfüllen sollten: bequem zu sein. Ihre rotbraunen Locken hatte sie stets in einem wirren Dutt oben auf dem Kopf getragen. Das hatte sie praktisch gefunden, und es war so was wie ihr Markenzeichen gewesen. So hingen ihr die Haare nicht ins Gesicht. Für Make-up hatte sie nie wirklich einen Sinn entwickelt. Klar hatte sie mit Freundinnen mal Rouge oder den ein oder anderen Lippenstift ausprobiert, doch gut hatte sie sich damit nie gefühlt. Also hatte sie es sein lassen. Schließlich musste sie sich in ihrer Haut wohlfühlen und wenn anderen nicht passte, wie sie aussah, war das doch deren Problem, oder etwa nicht? Es war ja auch nicht so, dass Jungs sie damals nicht bemerkt hätten. Den ein oder anderen Freund hatte sie schon gehabt. Doch ein Mädchenschwarm wie Eddie war nicht dabei gewesen. Sie runzelte die Stirn. Wie sollte sie nur mit der Situation umgehen? Eddie war ein Freund. Wollte sie, dass er mehr war als das? Unvermittelt erschien Moritz vor ihrem inneren Auge. Bei ihm hatte sie immer das Gefühl, dass er sich aufrichtig freute, sie zu sehen. Und wenn sie ehrlich war, schlug ihr Herz ganz schön doll, wenn er in ihrer Nähe war. Aber ob da jemals was daraus wurde? Sie hatte weder seine Nummer noch wusste sie seinen

Nachnamen! Eddie wiederum war hier, auf ihrer Terrasse. Sie kannte ihn gefühlt schon ihr ganzes Leben lang. Aber Herzklopfen verspürte sie in seiner Gegenwart nicht. Vielleicht eben weil sie ihn so gut kannte?

„Soll ich dir doch helfen?", ertönte Eddies Stimme von draußen.

„Nein, danke", rief sie eilig und schob mit der Hand das Geschirr auf dem Tablett zusammen, dass es klapperte und den Anschein erweckte, als wäre sie beschäftigt. „Bin gleich fertig."

Sie stellte sich gerade hin und atmete tief durch. Auf dem Weg nach draußen, machte ihr Handy ein Geräusch. Nach kurzem Suchen fand sie es auf der Arbeitsfläche neben dem Kühlschrank. Sie nahm es auf und sah, dass sie eine Mail erhalten hatte. Kurz überflog sie deren Inhalt, dann stockte sie und las ihn ein weiteres Mal gründlich durch.

„Kommst du?"

Franzi sah auf und erblickte Eddie, der lächelnd in der Tür stand. Sie ließ ihr Handy in ihre Hosentasche gleiten und nickte, bevor sie ihm nach draußen folgte.

Eine Weile saßen sie schweigend da. Franzi hielt ihr Glas Wein fest umklammert. Die Grillen zirpten und im Gebüsch raschelte es hin und wieder. Wahrscheinlich streifte Herr Gustav wieder durch den Garten und sah nach dem Rechten. Waschtl war im Haus geblieben, wo er auf dem Teppich ein Nickerchen hielt.

Schließlich unterbrach Eddie die friedliche Stimmung. „Schön hast du's hier."

Franzi nickte und vermied es angestrengt, ihn anzusehen.

„Aber fühlst du dich manchmal nicht auch ein wenig einsam?“

Franzi spürte seinen Blick auf sich. Sie hob die Augen, sah ihn an und bemerkte die kleinen Fältchen um seine Augen, als er den Mund zu einem Lächeln verzog.

„Eigentlich net“, erwiderte sie ehrlich. „I hab ja den Waschtl und jetzt au no den Herrn Guschtav ...“

„Das ist wahr.“ Er lehnte sich nach vorne. „Aber menschliche Wärme braucht doch jeder!“

Er machte Anstalten, nach ihrer Hand zu greifen. Franzi zog sie schnell zurück und steckte sie in die Hosentasche.

Sie wechselte abrupt das Thema und sah ihm fest in die Augen. „Warum hasch du mir net gesagt, dass du große Schulden hasch?“

Eddie wurde bleich und ließ sich zurück auf seinen Stuhl fallen.

„Sag mal, schnüffelst du etwa in meinen Finanzen herum?“, rief er. Das Lächeln war aus seinem Gesicht verschwunden, stattdessen presste er die Lippen zusammen und funkelte sie wütend an.

„Des isch mein Job“, sagte sie ruhig.

„Es ist dein Job, mir hinterherzuschnüffeln? Meine Finanzen gehen dich einen Scheißdreck an! Was fällt dir ein?!“

Empört sprang er auf die Beine.

„I hab dir schon mal gesagt, dass wir in alle Richtungen ermitteln“, erklärte sie. „Wir beleuchten alles, was wichtig sein könnte! Freunde, Beruf, Familie ... Und ja, deine Finanzen spielen sehr wohl eine Rolle!“

„Ach ja, welche denn?“ Er stemmte seine Hände in die Hüften.

„Wenn jemand zu Tode kommt und es sich möglicherweise um ein Fremdverschulden handelt, stellt sich immer die Frage, wer etwas von einem möglichen Erbe hätte." Sie sah ihm in die Augen, die sie kalt fixierten. „Du hättesch was von einem Erbe, net wahr?"

Eddie lachte trocken. „Dass ich nicht lache! Hast du schon vergessen, *wer* hier etwas erbt? *Ich* bin es jedenfalls nicht!"

„Aber des hasch du vor Kurzem noch net gewusst, net wahr, Eddie? Deine Reaktion beim Notar war deutlich genug. Dir war net bewusst, dass net du erben würdesch, sondern eben ich."

„Woher hätte ich auch wissen sollen, dass du der Oma das Erbe aus der Tasche ziehst?" Er schnaubte wütend.

„I hab dir schon mal gesagt, dass i nix von dem Erbe gewusst hab. Wenn die Marie mir davon erzählt hätte, hätt i sie davon abgebracht, des kannsch mir glauben. Aber nun isch es nimmer zu ändern." Sie sah ihr Gegenüber fest an. „Warum hat die Marie dir nix vererben wollen, Eddie? Sag es mir!"

Sein Gesicht gefror zu einer Maske. Stumm starrte er sie an.

„Weil sie dir immer wieder Geld g'liehen hat, oder? Du warsch wie ein Fass ohne Boden, hasch immer noch mehr Geld von ihr gefordert, bis es ihr zu viel g'worden isch."

Sie sah, dass er seine Hände zu Fäusten ballte. Anscheinend hatte sie einen Nerv getroffen.

„Die hat doch selbst mehr als genug gehabt, die Alte", rief Eddie wütend. „Was hätte sie denn noch mit all der Kohle anfangen wollen? Häh? Kannst du mir das sagen? Sie hätte doch genauso gut in einer kleinen Wohnung leben können, das hätte allemal gereicht! Oder am besten wär sie gleich ins Altenheim gegangen."

Franzi schluckte. Gut, dass Marie das nicht hören musste …

„Wie kannsch du nur so was sagen!", schrie sie Eddie an. „Deine Oma hat ihr Haus und ihren Garten über alles geliebt. Wenn du ihr das genommen hättest, wäre sie eingegangen wie eine Pflanze, der man die Erde zum Wachsen wegnimmt!"

Eddie lachte gehässig. „Du mit deinen Sentimentalitäten! Aber so warst du schon immer, gell, Franzi? Immer auf das Gute bedacht! Jeder soll froh und zufrieden sein! Friede, Freude, Eierkuchen und so eine Kacke!"

Sie zuckte zusammen, als sie den Hass in seiner Stimme wahrnahm.

„Ich hab Neuigkeiten für dich, Prinzessin", sagte er mit ätzender Stimme. „So eine Welt gibt es nicht! Die Welt da draußen ist hart und ungerecht, und man muss jeden Tag um sein Überleben kämpfen! Das ist die Wahrheit!"

„Woher kommen die Schulden? Sag scho!"

Er lachte auf. „Du und deine ewige Neugier! Du willst es wissen? Ich hab Pech gehabt. So einfach ist das! Ein paar Mal auf den falschen Gaul gesetzt und schon war es passiert." Er schnaubte wütend. „Ich hätte da wieder rauskommen können, das weiß ich genau, wenn mir die Alte noch mal was geliehen hätte. Dann hätte ich es geschafft! Aber nein, sie hat mir einfach den Geldhahn zugedreht!"

„Und bei deinem Vater war auch nix zu holen", sagte Franzi leise.

„Pah, der hat doch sein Leben selbst kaum auf die Reihe bekommen! War mit dem wenigen zufrieden, was er hatte. Ein einziges Mal hat er mir ein wenig Geld gegeben, das war's aber auch. Mehr hat er nicht geben wollen."

Franzi erinnerte sich an das Darlehen von zwanzigtausend Euro, das Martin vor einigen Jahren aufgenommen hatte. Er hatte für seinen Sohn Schulden gemacht.

„Und als auch deine Oma nichts mehr geben wollte, hast du dir anderweitig Geld besorgt, oder?"

„Was hätte ich denn sonst machen sollen?", rief er. „Irgendwie musste ich doch wieder zu Potte kommen!"

„Und da hasch du immer weitergespielt und weitergespielt ..."

„Weißt du was, du kannst mich mal!" Er griff mit hochrotem Kopf nach seiner Jacke und stürmte an ihr vorbei.

„Warum hast du deinen Vater umgebracht?", fragte Franzi abrupt und stand auf.

Er fuhr herum und stand nun direkt vor ihr. Sie musste zu ihm aufsehen, da er sie um gut einen Kopf überragte.

„Was fällt dir ein?", zischte er.

Sie legte den Kopf schräg und musterte ihn.

„Du hasch den Zwischenhändler aus dem Weg geräumt, net wahr?"

Er starrte sie an, sein Gesicht eine verzerrte Maske. Nichts erinnerte mehr an den gut aussehenden Sonnyboy von früher.

„Du warsch dir net sicher, ob dein Vater dir das Geld, das er vom Verkauf von Maries Grundstück bekommen würde, weitergeben würde. Er hat von deiner Spielsucht gewusst und hätte dir vielleicht auch nix mehr gegeben." Das war ins Blaue hinein geraten.

„Der Knauser hätte das Geld eher der Kirche gegeben als seinem eigenen Sohn", rief er erregt.

Er stand so nah, dass Franzi Speicheltröpfchen auf ihrem Gesicht spürte. Sie widerstand dem Impuls, sie fortzuwischen.

„Und deshalb hasch du ihn umgebracht."

„Du hast doch keine Ahnung!", zischte er sie an. „Du hast keine Ahnung, wie es ist, wenn man den falschen Leuten Geld schuldet! Die schrecken vor nichts zurück!"

Er hob seine verbundene Hand hoch. „Die brechen dir jeden Finger einzeln und hören erst auf, wenn du tot bist!"

„Du hättsch zur Polizei gehen können!"

Er lachte auf. „Zu den Bullen? Dass ich nicht lache! Als ob das was genützt hätte!"

„Eddie, was hasch du nur getan? Du hasch deine Oma und deinen Vater ermordet!", flüsterte Franzi entsetzt.

„Und genützt hat es mir gar nichts! Und warum? Nur weil du plötzlich alles erben sollst!"

Unvermittelt packte er ihren Arm und drehte sie mit einer Bewegung um. Nun stand sie mit dem Rücken an ihn gepresst und spürte seine Hitze durch ihre dünne Bluse. Sie roch den Schweiß, der ihm aus den Poren trat und bekam es mit der Angst zu tun. Der Mann hatte nichts mehr zu verlieren!

Er hielt sie fest an sich gepresst und lachte, als sie sich energisch hin und her wand, um sich aus ihrer misslichen Lage zu befreien.

„Nichts für ungut, liebe Franzi." Er kicherte schrill. „Aber gegen mich hast du keine Chance."

Er roch an ihrem Haar.

„Du riechst immer noch wie damals, weißt du das eigentlich? Nach irgendwelchen Kräutern und Zitronen oder so was." Franzi verlagerte ihr Gewicht von einem Fuß auf den anderen, in dem verzweifelten Versuch, seinen Griff zu lockern, doch er ließ nicht nach. Stattdessen legte er einen Arm fest um ihren Hals und presste die Hand auf ihren Mund, während der andere ihren Körper fest umschlungen hielt.

„Fast tut es mir leid, dass es so kommen musste", flüsterte er ihr ins Ohr. „Aber leider weißt du nun zu viel." Sein Griff verstärkte sich und Franzi hatte auf einmal Schwierigkeiten, zu atmen. Sie hatte keine Hoffnung, dass ihre Nachbarn etwas mitbekommen würden. Ihr Grundstück war so dicht eingewachsen, dass es von keiner Seite einsehbar war. Auch Waschtl würde ihr nicht helfen. Er lag drinnen und schlief.

Der Druck wurde stärker und Franzi wurde es langsam schwarz vor den Augen.

„Ich werde mich gut um den hässlichen Dackel kümmern, wenn du nicht mehr bist", hörte sie ihn sagen. „Mit Sicherheit bekomme ich dann doch noch das Erbe zugesprochen, das von Haus aus mir zugestanden hätte!"

Die Luft flimmerte und Franzi schnappte angestrengt nach Luft. Ihre Knie wurden weich und ihre Gegenwehr erlahmte allmählich. Auf einmal ließ sich Franzi mit ihrem ganzen Gewicht nach vorne fallen. Eddie musste nachfassen, wodurch sich sein Klammergriff endlich ein wenig löste. Franzi ließ sofort ihren Ellenbogen nach hinten schnellen und rammte ihn mit voller Wucht in Eddies Gemächt. Abrupt ließ er sie los und Franzi fiel zu Boden. Gierig sog sie die frische Luft ein und musste gleich darauf heftig husten. Als sie aufsah, erblickte sie Helena, die mit blitzenden Augen, wie eine Rachegöttin anmutend, mit gezogener Waffe neben ihr stand und diese auf Eddie gerichtet hielt, der ungefähr einen Meter von ihr entfernt stand.

„Hände hoch, wo ich sie sehen kann", sagte Helena kalt.

Eddie sah sie mit großen Augen an.

„He, was soll denn das? Wieso stören Sie unser kleines Techtelmechtel? Ich werde Sie anzeigen!"

Helena lachte zynisch.

„Techtelmechtel? Dass ich nicht lache."

Sie wandte sich an Franzi, die inzwischen mühsam aufgestanden war.

„Holst du bitte die Handschellen?"

Franzi nickte und eilte ins Haus. Mit zittrigen Händen holte sie die Handschellen aus ihrer Tasche. Sie wollte gerade zurückeilen, als ein Schuss fiel. Franzi wurde kreidebleich. Lena!

Sie rannte nach draußen. Helena stand nach wie vor mit leicht gespreizten Beinen auf der Terrasse. Eddie lag stöhnend vor ihr auf dem Boden und hielt sich den Oberschenkel, aus dem dunkles Blut quoll. Neben ihm lag ein Klappmesser.

„Er hat versucht, mich anzugreifen", sagte Helena, ihren Blick fest auf Eddie gerichtet. „Leg ihm bitte die Handschellen an und ruf einen Krankenwagen."

Franzi beeilte sich, den Anweisungen ihrer Partnerin zu folgen.

Als zwanzig Minuten später der Krankenwagen den Patienten abgeholt hatte und von einer Polizeistreife ins Krankenhaus eskortiert wurde, setzten sich Franzi und Helena erschöpft auf die Terrasse.

Franzi sah Helena ernst an.

„Des war knapp!"

Helena nickte. „Das kannst du laut sagen! Wie konntest du dich nur in eine solche Gefahr begeben!", schimpfte sie los. „Du hättest tot sein können!"

„Bin i aber net!", erwiderte Franzi krächzend. Ihr Hals schmerzte immer noch wie verrückt. Sie nahm einen Schluck aus ihrem Weinglas, das nach wie vor auf dem Tisch stand.

„Du hast Glück, dass ich gleich kapiert habe, was los ist. Als mein Handy geklingelt hat und ich rangegangen bin, dachte ich zunächst, du hast mich aus Versehen angerufen. Doch dann hab ich Eddie gehört und mir war klar, dass da was nicht stimmt. Ich bin gleich los und gerade noch rechtzeitig gekommen."

„Wofür i dir au überaus dankbar bin. Zum Glück hatt i mein Handy in der Hosentasche. Sonscht wär's kritisch geworden."

„Sonst wärst du jetzt tot", sagte Helena trocken.

„Gut möglich." Sie seufzte tief. „Isch ja nomml alles gut gegangen. I kann's immer noch net fassen, dass Eddie seine Oma und seinen Vater ermordet hat. Und alles nur wegen Geld! Dabei hätt i wirklich geglaubt, dass die Kleins ihre Finger im Spiel hatten!"

Sie berichtete Helena stockend von ihrer nächtlichen Aktion und dem Laborbefund.

Helenas Augen wurden während ihres Berichts immer größer.

„Das kann doch wohl nicht wahr sein!", rief sie empört. „Ich verstehe dich nicht, Franzi. Warum glaubst du, solche Dinge vor mir geheim halten zu müssen? Vertraust du mir etwa nicht?" Ihre Augen glänzten feucht.

„Auf keinen Fall!", erwiderte Franzi hastig. „I wollt bloß net, dass du meinetwegen in Schwierigkeiten gerätsch, des isch alles!" Sie lächelte Helena warm an. „Du bisch doch meine aller-, allerbeschte Freundin! Dir vertrau i mit meinem Leben!"

Einigermaßen besänftigt ließ sich Helena wieder gegen die Stuhllehne sinken. „Dann versprichst du mir jetzt hoch und heilig, dass du in Zukunft keine solchen Alleingänge mehr unternimmst, einverstanden?"

Franzi nickte ernst. Sie legte ihre linke Hand aufs Herz und hob die Rechte.

„Hiermit versprech i hoch und heilig, dass i mi immer mit dir absprechen werd und keine Alleingänge mehr starte." Sie grinste Helena an. „Zufrieden?"

„Basst scho", antwortete ihre Partnerin schmunzelnd.

Epilog

Vierzehn Tage später erklomm Franzi nachdenklich die Stufen vom Friedhof zur Straße hoch. Vor einer Woche waren ihre Freundin Marie und deren Sohn zu Grabe getragen worden. Dr. Lysanders Bericht hatte tatsächlich bestätigt, dass Martin nicht etwa einem Herzinfarkt oder seinen schweren Verletzungen erlegen war, sondern erstickt worden war. Kleine Gewebefasern in seiner Lunge hatten dies unwiderruflich belegt. Eddie hatte seinen hilflosen Vater in dessen Krankenhausbett einfach mit dem Kissen erstickt. Franzi hoffte, dass der arme Martin in seiner Ohnmacht nicht gelitten hatte. Eddie hatte außerdem nach langem Verhör zugegeben, mit dem Ersatzschlüssel seiner Oma, von dessen Versteck er gewusst hatte, spätabends, als sie längst schlief, in ihr Haus eingedrungen zu sein. Dort hatte er die Ofentür geöffnet und mit dem Schürhaken glühende Kohle auf den Boden geschaufelt, auf die er Holzscheite gelegt hatte. Er gab an, in schlimmsten Geldnöten zu stecken und keinen Ausweg mehr gewusst zu haben. Franzi erinnerte sich daran, dass er im Klinikum angeblich seinen Geldbeutel vergessen hatte. Vermutlich waren seine Geldsorgen also wirklich berechtigt, aber sie rechtfertigten in keinster Weise seine Taten! Die Untersuchung von Martins Fahrzeugs war nun auch endlich abgeschlossen, wobei eindeutig nachgewiesen werden konnte, dass das Auto manipuliert worden war. Sogar einen Fingerabdruck hatten die gründlichen Beamten sichergestellt, der eindeutig Eddie zugewiesen werden konnte. Nun saß er in Untersuchungshaft und wartete auf seinen Prozess.

Etliche Menschen hatten Mutter und Sohn auf ihrem letzten Weg begleitet. Die Trauerfeier war würdevoll verlaufen und Franzi hatte die netten Worte des Pfarrers als tröstend empfunden, auch wenn sie nie über den Verlust ihrer Freundin hinwegkommen würde.

Auf dem Weg die Straße hinunter kam Franzi an einem kleinen Kiosk vorbei. Die Schlagzeile der örtlichen Zeitung stach ihr ins Auge:

Großzügige anonyme Spende ermöglicht Augsburger Tierheim die längst nötige Renovierung.

Franzi lächelte zufrieden und lief weiter.

Ihr Weg führte sie automatisch zu Maries Grundstück. Inzwischen hatten Bagger auf Franzis Veranlassung hin die verbrannte Ruine abgerissen. Das Grundstück wirkte nun wesentlich größer als vorher. Nichts erinnerte mehr an früher. Die Bagger hatten den restlichen Rasen platt gefahren und ihn gleich mit abgetragen, sodass eine brache Fläche vor ihr lag.

Franzi wünschte sich nichts sehnlicher, als dass jemand das Grundstück in Zukunft bewohnte, der dort genauso schöne Stunden verbringen würde wie Marie früher. Sie hatte ihr Heim geliebt und war hier sehr glücklich gewesen, wie sie Franzi oft hatte wissen lassen.

Vor dem Nachbargrundstück stand ein großer Möbelwagen mit weit geöffneten Türen. Packer trugen gemeinsam sperrige Möbelstücke aus dem Haus der

Kleins. Gerade trat Frau Klein selbst aus dem Haus, eine verpackte Lampe vor sich her tragend. Bei Franzis Anblick verfinsterte sich ihr Gesicht.

„Schönen guten Tag, Frau Klein."

„Von wegen guter Tag", keifte sie. „Weiden Sie sich etwa noch an unserem Unglück?"

„I weiß net, was Sie meinen", erwiderte Franzi unschuldig. „I bin mir keiner Schuld bewusst."

„Wegen Ihnen ziehen wir doch überhaupt hier weg!" Franzi zog die Augenbrauen hoch.

„Wegen mir? I wüsst net, warum! I hab Ihnen lediglich gesagt, dass i das Grundstück net an Sie verkaufen werde!"

„Pah!", rief Frau Klein, „Sie haben gesagt, dass Sie lieber an eine Großfamilie mit fünf Kindern verkaufen würden als an uns! So weit kommt's noch! Den ganzen Tag so einen Lärm und Geschrei! Ganz zu schweigen von dem Dreck und dem Krach, den der Neubau machen wird. Da machen wir nicht mit!"

„Tja dann", sagte Franzi schulterzuckend, „dann verbleibt mir nur no, Ihnen ein schönes Leben zu wünschen."

Frau Klein gab die Lampe einem Möbelpacker und drehte sich auf der Stelle um. Sie warf Franzi einen giftigen Blick über die Schulter zu, bevor sie im Haus verschwand.

Franzi grinste und schlug den Weg zu ihrem Haus ein.

Am späten Abend stand sie abermals an der Einmündung zu Maries Straße schräg gegenüber von ihrem Grundstück und lauschte in die Dunkelheit. Unmittelbar fühlte sie sich an jenen Abend erinnert, als sie mit Rucksack und zwei Hunden hier gelauert hatte, um sich unrechtmäßig Zutritt zum Grundstück der Kleins zu verschaffen. Wieder hatte sie beide Hunde dabei, die gerade erwartungsvoll zu ihr aufsahen.

Zwei Menschen kamen die Straße herunter. Franzi drückte sich tiefer ins Gebüsch, um nicht gesehen zu werden. Doch ihre Sorge war unbegründet. Die beiden spazierten eng umschlungen die Straße entlang und hatten nur Augen für sich. Franzi grinste. Musste Liebe schön sein!

Die beiden hielten neben dem Bauzaun an. Franzi sah angestrengt nach vorne. Auf einmal waren sie verschwunden. Schnell streichelte sie die Hunde, bevor sie mit ihnen im Schlepptau auf leisen Sohlen die Straße überquerte.

„Was sollen wir denn hier?“, hörte sie eine weibliche Stimme.

„Das wirst du gleich sehen“, erwiderte der andere.

Franzi bückte sich und löste die Leine von Herrn Gustav. Treuherzig blickte der Kleine sie an.

„Mach deine Sache fei gut. Net, dass mir hinterher noch Klagen kommen.“

Sie schob den kleinen Dackel am Bauzaun vorbei und spähte durch einen Schlitz auf das Grundstück.

In der Mitte stand das Pärchen von vorhin. Der Mond leuchtete kräftig und beschien die Szenerie. Franzi sah, dass Herr Gustav geschwind genau auf die Menschen zulief. Sie vernahm einen überraschten Aufschrei.

„Herr Gustav, was machst du denn hier?“

Franzi hielt sich eine Hand vor den Mund, um sich nicht durch ihr Lachen zu verraten. Sie sah, wie Helena sich zu dem Hund hinunterbeugte und ihn streichelte.

„Bist du etwa ausgerissen, du kleiner Racker?", hörte Franzi sie fragen. „Was trägst du denn an deinem Halsband?"

Franzi beobachtete, wie Lena einen kleinen Gegenstand am Halsband des Hundes betrachtete. Im selben Augenblick ließ sich der Mann vor Helena auf ein Knie senken. Helena schrie überrascht auf.

„Liebste Helena, du bedeutest mit alles! Ich kann mir ein Leben ohne dich einfach nicht mehr vorstellen, und das will ich auch gar nicht. Würdest du mir die Ehre erweisen, meine Frau zu werden?"

Er löste den Gegenstand vom Halsband des Hundes und hielt ihn Helena hin. Der kleine goldene Reif funkelte, als Mondlicht darauf fiel.

Helena sprang auf und fiel ihrem Gegenüber in die Arme.

„Ja, und ob ich will!", rief sie überglücklich.

Dann hob sie ihren Kopf und rief in die Dunkelheit:

„Franzi, komm raus, wo auch immer du dich versteckt hast!"

Franzi grinste und schob sich an dem Bauzaun vorbei. Sie lief auf die strahlende Helena zu, der Nick inzwischen den Ring über den Finger gestreift hatte.

„Habt ihr zwei also Geheimnisse vor mir gehabt?", fragte sie gespielt streng und sah zwischen Franzi und Nick hin und her.

Franzi tat unschuldig. „Ach, wieso? Also, Geheimnis würd i des jetzt net nennen. Wo i doch keine mehr vor dir haben darf und so."

Helena lachte laut auf und schloss ihre Freundin fest in die Arme. „Du bist vielleicht eine Marke!"

Franzi erwiderte die Umarmung und freute sich aufrichtig für ihre Freundin. „I gratulier euch ganz herzlich zur Verlobung", sagte sie strahlend.

„Danke dir." Helena löste sich wieder von Franzi und sah wiederum zwischen ihrem Verlobten und ihrer Partnerin hin und her.

„Aber eins verstehe ich wirklich nicht. Was machen wir denn hier?" Sie deutete um sich.

„Das kann ich dir sagen", antwortete Nick. Er räusperte sich. „Deine liebe Freundin Franzi hier hat mich letzte Woche angerufen und mir gesagt, dass sie uns dieses Grundstück schenken möchte. Sie wusste, dass ich vorhatte, dir einen Antrag zu machen und hat mich mit ihrer Idee vollkommen überrascht."

Sprachlos starrte Helena Franzi an. „Das ist doch nicht dein Ernst!", rief sie nach einer Weile.

„Doch, isch es", erwiderte Franzi fest. „Marie hätte gewollt, dass auf diesem Grund und Boden wieder das Glück Einzug hält. Ich will es nicht haben, was soll ich auch damit? Ich bin glücklich in meinem Häuschen drüben in den Wertachauen. Außerdem isch das alles net ganz uneigennützig", sagte sie schmunzelnd.

Helena sah sie fragend an. „Inwiefern?"

„Na, ganz einfach. Auch ich hab hier viele schöne Stunden verbracht. Im Garten sitzend mit einer guten Freundin. Was kann es Schöneres geben, als hier wieder mit einer Freundin zu sitzen und zu plaudern. Und nicht nur irgendeiner Freundin, sondern meiner allerbeschten Freundin auf der ganzen Welt. Bitte sag Ja zu meiner Idee! I würd mi so arg freuen, wenn du in meiner Nähe wohnen würdsch!"

Flehend sah Franzi Helena an.

Die zog die Augenbrauen hoch und sah sie ernst an. „Nur unter einer Bedingung …“

„Welcher?“

„Du lässt mich auch mal selbst backen und bringst nicht immer alles mit, wie du es sonst zu tun pflegst.“

Franzi lachte herzhaft. „Einverschtanden!“

Erneut fielen sie sich in die Arme.

„Jetzt müsst ihr euch hier nur no a hübsches Häusle hinstellen“, sagte Franzi glücklich, als sie sich wieder voneinander gelöst hatten.

„Ja, genau“, antwortete Helena nachdenklich. „Ich hätte da auch schon eine Idee …“

„Echt?“, schaltete sich Nick verwundert ein. „Welche denn?“

Helena schmunzelte. „Ich glaube, ich hätte gern ein Holzhaus. So ein hübsches Schwedenhäuschen oder so was in der Art.“ Sie wandte sich verschmitzt grinsend an Franzi. „Du kennst nicht zufällig einen Zimmermann?“

Franzi schlug sich die Hand vor die Stirn. Das versprach ja heiter zu werden …

Danksagung

Liebe Leserinnen, liebe Leser,

„Basst scho" ist tatsächlich schon mein vierter Augschburg-Krimi. Wer hätte das gedacht? Ich freue mich unglaublich, dass Sie mir über die Zeit hinweg die Treue gehalten haben und mit Franzi und Helena weiter mitermitteln. Vielen Dank dafür!

Dieser Band ist etwas Besonderes. Zum ersten Mal erleben wir die Geschichte durch Franzis Augen und nicht Helenas. Die Geschehnisse aus Franzis Sicht zu beschreiben, war für mich als gebürtige Augsburgerin zunächst fast leichter, wenn auch anfangs ungewohnt. Nach langem Nachdenken habe ich mich dazu entschieden, ihre Gedankengänge nicht im Dialekt zu schreiben, um den Lesefluss zu erleichtern. Ich hoffe, es war für Sie, werte Leserinnen und Leser, nicht allzu schwer, Franzis Augschburgerisch zu verstehen. An vielen Stellen habe ich den Dialekt so abgeschwächt wie nur möglich gehalten, da sonst mit Sicherheit die Verständlichkeit gelitten hätte.

Am besten gebe Ihnen hier mal ein paar Beispiele von unserem Dialekt, damit Sie verstehen, wie ich das meine. Wir Augschburger sagen z. B. „mi" und „di", anstelle von „mich" und „dich". „Ich freue mich, dich zu sehen" würde bei uns also: „I freu mi, di zu seh'n" heißen. Wir benutzen außerdem viele „sch"-Laute, z. B. „kannsch, hasch, bisch", anstelle von „kannst du, hast du, bist du". Das Pronomen „wir" sprechen wir eher

„mer" aus. „Könn' mer mal ..." würde also „Können wir mal ..." heißen.

Ich könnte endlos so weitermachen, aber ich bin mir sicher, Sie verstehen, was ich meine. Es ist mir aber wichtig, zu betonen, dass es das reine „Augschburgerisch" eigentlich nicht gibt. Manche sprechen mehr Dialekt, manche weniger. Bayerisch hört man bei uns eher selten, aber sobald man über den Lech in Richtung Friedberg oder Aichach fährt, ändert sich das rapide. Manche Leserinnen und Leser haben mir geschrieben, dass sie gerade die Dialekt-Passagen sehr schätzen, weil ihnen das einen Einblick in das wirkliche „Augschburg" gibt. Andere meinten, dass sie teilweise Schwierigkeiten hatten, den Dialekt zu verstehen, was natürlich schade ist. Deswegen habe ich mich bemüht, einen Mittelweg zu finden. Ihnen wird sicher aufgefallen sein, dass außer Franzi nur ihr Kumpel Michi im Buch Dialekt spricht. Jetzt kennen Sie auch den Grund dafür. Es ist allerdings nicht wirklich ungewöhnlich, in Augsburg auch Hochdeutsch zu hören. Viele jüngere Leute, die ich kenne, sprechen nur wenig oder gar keinen Dialekt. Meine eigenen Kinder z. B. sprechen ihn kaum, obwohl auch sie in Augsburg geboren wurden. Auch meine Schülerinnen und Schüler sprechen nur wenig Dialekt. Ausgeprägter hört man ihn oft bei älteren Menschen.

Meine Heimatstadt Augsburg bedeutet mir richtig viel, was man beim Lesen sicherlich merkt. Ich bin hier sehr verwurzelt und stolz auf die lange Geschichte der Fuggerstadt. Es gibt hier so unglaublich viel zu entdecken, seien es Überbleibsel aus der Römerzeit, von denen immer mal welche ausgegraben werden, sobald in der

Stadt gebaut wird, oder auch mittelalterliche oder frühneuzeitliche Zeugen der bedeutungsvollen Geschichte meiner Heimatstadt. Sie sehen, ein Besuch in der Hauptstadt Schwabens lohnt sich, nicht erst seit Augsburg wegen seines einzigartigen Wassermanagement-Systems den Weltkulturerbe-Status im Jahr 2019 erhalten hat. Kommen Sie doch einfach mal vorbei und besuchen Sie die Orte, die Sie im Buch kennengelernt haben. Ein Besuch des Stadtmarktes darf dabei natürlich nicht fehlen! Dort können Sie sich auf Ihrer Besichtigungstour kulinarisch verwöhnen lassen.

An dieser Stelle möchte ich dem Team vom dp Verlag ganz herzlich Danke sagen! Allen voran danke ich dir, liebe Alex Fölker, für deine großartige Betreuung all meiner Romane! Du weißt für alles eine Lösung und stehst einem immer zur Seite, was ich wirklich sehr zu schätzen weiß! Auch dem Rest des Teams ein herzliches Dankeschön! Da gibt es so viele Menschen, die im Hintergrund die Strippen ziehen und ohne die es nicht ginge, wie Francesca Hintz als Business Process Managerin oder Anja, Steffi und Anne mit ihrem unterhaltsamen Buchplausch oder all die anderen ... Ihr seid ein tolles Team und es macht mir total viel Spaß, mit euch zusammenzuarbeiten! In diesem Zusammenhang ist es mir ein großes Bedürfnis, mich bei meiner lieben Lektorin Katrin Gönnewig zu bedanken! Vielen Dank für deine äußerst genaue Arbeit und dafür, dass du dafür gesorgt hast, dass mein Krimi ein großes Stück besser geworden ist! Es war mir ein großes Vergnügen, mit dir zusammenzuarbeiten, liebe Katrin!

Was wäre eine Autorin ohne eine brillante Agentin? Auch dir, liebe Anna, ein riesengroßes Dankeschön für deine großartige Arbeit! Ich bin sehr glücklich, von der Literaturagentur Lesen & Hören vertreten zu werden. Du bist immer für deine Autorinnen und Autoren da und kümmerst dich um jedes noch so kleine Problemchen. Du bist einfach großartig!

Nun möchte ich mich noch bei ein paar Menschen bedanken, die mich bei der Entstehung dieses Romans unterstützt haben. Allen voran danke ich meinem Mann Florian, der mir immer den Rücken freihält, wenn ich schreibe und meine Leidenschaft tatkräftig unterstützt. Auch meinen Kindern Lilly, Tim und Ida möchte ich für ihre Geduld danken. Sie wissen, dass Mama Ruhe braucht, wenn sie schreibt, und respektieren das. Meine Große, Lilly, hat in diesem Roman übrigens sogar einen kleinen Gastauftritt. Vielleicht erinnern Sie sich an die freundliche Medizinstudentin, die Franzi zulächelt, als sie im Café sitzt und auf Neuigkeiten wegen Martin wartet ... Ich bin sehr stolz auf dich, liebe Lilly!

Meiner Zwillingsschwester Heike Beardsley ein herzliches Dankeschön, weil sie, wie immer, meinen Krimi Probe gelesen hat und mir wieder hilfreiches Feedback gegeben hat. Wir haben gemeinsam schon eine Historienroman-Trilogie geschrieben, daher ist mir ihr Urteil immer sehr wichtig.

Ein herzlicher Dank auch an meine Freundin Katrin Artes, die sich diesmal ebenfalls wieder als Testleserin zur Verfügung gestellt hat. Vielen Dank, liebe Heike und liebe Kati!

Abschließend bleibt mir nur zu hoffen, dass Ihnen die Lektüre meines neuen Krimis genauso viel Freude gemacht hat wie mir, ihn zu schreiben. Ich würde mich

über Ihr Feedback, am besten in Form einer Rezension sehr freuen!
Wer weiß, was demnächst noch so alles in der schönen Fuggerstadt passiert … Bis hoffentlich bald!
Ihre Uli Vögl